AF443900

LOS DIFERENTES NOMBRES
QUE TIENE EL INVIERNO

ExLibric

ABRIL ELIES VALERO

LOS DIFERENTES NOMBRES QUE TIENE EL INVIERNO

EXLIBRIC

ANTEQUERA 2022

ABRIL ELIES VALERO

LOS DIFERENTES NOMBRES QUE TIENE EL INVIERNO

A mi madre,
que hace que los inviernos
sean menos fríos.

Alaska

Alaska era nombre de niña, pero se encaprichó de él. Fuese niño o fuese niña, Alaska se llamaría. El nombre no era más que el de una idea, el de un camino sin retorno, el de un suspiro venidero. Algo que estaba por llegar, pero que parecía no hacerlo nunca.

Cobardes eran sus pensamientos más oscuros, aquellos que le recordaban lo poco capacitada que estaba y la poca experiencia que tenía. La fustigaban día sí y día también para que se convirtiese en un ser inseguro y corrupto, con un miedo que era monótono y previsible.

Y a pesar de poder parecer un nombre frío, tan frío como el invierno que la rodeaba, le daba la tranquilidad y la calidez que inspiraría una hoguera en una caseta, en medio de la nada y con nieve en sus entrañas. Grácil alegoría de sus somnolientas ilusiones.

Se sentó en ese viejo sofá caqui que se arraigó a su vida al mismo tiempo que la casa, bajo la mirada de esa cabeza de alce que nunca le gustó, pero jamás se atrevió a quitar, quizá por pereza, o tal vez fuera miedo. Acarició su tripa con la intención de transmitir cariño y afecto maternal, sin saber muy bien si alguien la escuchaba, con las esperanzas puestas en que así fuera. Como cuando hablas con alguien dormido, más lejos de sí mismo de lo que pueda estar de ti.

Imaginó su sonrisa, su futuro, cómo sería hablar con él, reír con él, discutir con él. Cuántos dolores de cabeza estaban por venir y con qué ganas iba a recibirlos. Ya no se marchitaba su pelo recién teñido, aquel que pasó por tantas gamas cromáticas que ya no era ni pelo. La habilidad de gustar a los demás requiere años de experiencia, de esfuerzo físico y mental, sobre todo mental. Se las arregló durante los años de juventud siendo aquello que todos los demás querían ser, admirada algunas veces, más bien envidiada. Transmitía una seguridad impropia de sus genes, ajena a sus principios, pero suya, al fin y al cabo. Era fuerte, dentro y fuera. Aunque más por fuera que por dentro. A veces implacable, casi siempre misteriosa.

¡Qué grandes fueron esos cortos años de lujuria e incomprensión! Irresponsabilidades ventajosas y poco respetables. Años que no saciaron la madurez, pues siempre vuelven a la memoria cuando se mira uno en el espejo. Pero no, no los echaba de menos. Manipulaban sus temores, pero no los quería de vuelta.

Es cierto que no hacía mucho de esos años. Cualquier persona que desconociera su situación diría que aún estaba en lo más alto del peñasco, recién nacida su flor. Ella así lo notaba, vívida y alegre. Más que alegre, concisa.

Pero a pesar de todo, sabía lo que tenía, lo que cambiaría, lo que haría de ella Alaska. Deseaba ser madre. Imponer, transponer y suponer. Tenerse y atenerse. Y romperse en mil añicos. Por él. Por ella.

Desgastada toda su inocencia, se cubrió con el manto de las putadas que la vida le fue brindando a modo de broma. Eran tan reales los moratones que ya ni los contaba. Era posible que Alaska proviniera del moratón más doloroso, que fuera Alaska quien cambiaría su tono calmado de eneros despertando por mareas revoltosas.

Ese pensamiento levantó incansable la tormenta. La gota que rápidamente se escabullía por su mejilla derecha se perdió en el sinfín de sus lamentos. Aprendió a controlarlos, pero a veces lloraban con la fuerza de una rabieta infantil, dejándola sin fuerzas y sin venas en la sangre. Se estremeció al pensar en las pocas ganas que tenía de criar a otro ser humano, y no por falta de ilusión, eran más bien los reproches constantes de su voz emisora de gilipolleces. Le insinuaban que Alaska, tal y como lo conocería, sería un monstruo y ella sería la culpable de todos sus errores. Empezó a temer tenerlo dentro de sí misma. No solo era su cuerpo, ahora era el de Alaska también. Su mente ahora era la suya.

Supuso un esfuerzo tremendo dejar de llorar. Se sentía sola, a pesar de estar acompañada por Alaska, por la idea que representaba. Temía ser defraudada y, mucho peor, defraudar. Maldijo a sus antepasados e imploró dejar de pensar como una estúpida. Alaska era lo mejor que le había pasado en la vida y así lo creería hasta el día de su muerte. Y aunque sonaba convencida, su corazón latía más lento por estar encogido.

Se calmó su respiración, pero sus ojos andaban desorbitados. Se quedó en silencio con la única luz de una pequeña lámpara antigua del salón. Su tono, cálido y tibio, hacía de su sombra un gigante atormentado, doblado por el dolor de un fracaso, sentado en la nada. Oyó como la nieve poco a poco pintaba las ventanas. Dejaba su huella con la fría costumbre de llamar al invierno. Y empezó a cubrir los campos de blanco, a teñir su verde otoñal, que con tanta intensidad había brillado en verano y que ahora moría lentamente bajo los copos. Sabía qué significaba eso, los días se volverían más perezosos y la noche reinaría con resplandecientes luces lejanas. El sol cedería el cielo a la luna y las puertas se mantendrían constantemente cerradas. No le gustaba el invierno, pero asumió que era parte de su vida. Como quien asume que tiene demasiadas pecas o las manos demasiado pequeñas. Fue a cerrar la puerta con llave, con la intención de aislarse, de acurrucarse con sus problemas, las voces de su cabeza que nunca dormían. Pero estaba acostumbrada a ellas, como siempre se dijo, controlarlas no era complicado, pues ya las conocía y ellas sabían que no podían hacer nada.

Justo cuando fue a estirarse en el sofá caqui de su salón a contemplar cómo el fuego bailaba sobre los restos de un árbol moribundo, oyó, de la nada, como una voz infantil la llamaba desde lejos. Miró a la oscuridad; no había nadie. Extrañada siguió observando el azulado naranja de las llamas. Y su nombre volvió a sonar. La voz empezó a reír descontrolada y ella se levantó de repente. «¿Qué quieres?», preguntó. No hubo respuesta. Volvió a sentarse, esta vez con más cuidado y con miedo. Miraba hacia los lados, esperando ver algo o a alguien que no debiera estar allí. Nada. Pero su nombre volvió a resonar, y con él, la memoria olvidada que bajo ningún concepto se quiere recuperar, esa que quedó dormida por el esfuerzo de mantener alejado el dolor y que apenas llamaba en Navidades.

Pero esa dichosa voz trajo consigo el dolor entre las piernas, el llanto de la dignidad y la pérdida de la esperanza. Vio que corría entre campos de nieve virgen y vio la sangre de sus venas creando ríos caudalosos y fugaces, dibujando ramas carmesí que nunca darían flor o fruto. Y esa voz de niño pequeño, aunque no distinguió si era de niño o de niña, la seguía llamando en sus visiones, como si no quisiera irse nunca, como si no tuviera otra opción.

Entonces, como quien recibe la inspiración repentina de una idea que no aparecía porque se encontraba bajo la punta de la lengua escondida, supo de quién era esa voz. «Mamá», decía. «Mamá», repetía. Alaska la llamaba. Había olvidado que para

Alaska, ella siempre sería «mamá» y su verdadero nombre pasaría a un segundo plano. Pero como en el fondo las verdades siempre corrompen el corazón, al principio, no se dio ni cuenta.

Así fue como despertó de repente, con la nariz roja del frío y un vaho constante en la boca. Las mejillas sonrojadas y los ojos acuosos. Alzó la vista para ver como la cabeza del alce la observaba distante, con la mirada perdida, pero puesta en ella. «¿Tú qué miras?», le dijo, sin esperar respuesta, ya que el alce estaba muerto y los animales no hablan. «A ti», dijo una voz. Se desbordó su corazón del pecho, paralizando sus extremidades y dejándola inconsciente. «¿Quién habla?», preguntó. «¿Tú qué crees?», volvió a hablar la voz. «Alaska, ¿eres tú?». «¿Cómo es posible oír la voz de algo que todavía no existe?». «No te entiendo», dijo ella. Entonces el alce movió la cabeza de un lado a otro, con fuerza, como cuando intentas espantar a una mosca caprichosa. Era tan fuerte el movimiento que las paredes empezaron a temblar, a quebrarse, a formar bifurcaciones con distintos destinos. El alce empezó a moverse cada vez con más fuerza y agilidad, mientras la pintura de las paredes sucumbía a su danza. Finalmente, en una pequeña explosión, se derrumbaron las dos paredes del frente separadas por la chimenea y provocaron un humo polvoriento y grisáceo, dejando pasar la luz con dificultad y creando una sombra gigante e inhumana. Se tapó la boca y los ojos por la repentina luminosidad de la sala. Sus pupilas se encogieron de repente con la poca capacidad que tenían de aguantar esa luz angelical.

Acostumbradas ya a ella, vieron que se formaba una sombra extraordinariamente grande. El alce tenía un cuerpo gigante. Era hermoso, robusto y su piel del color de la tierra mojada. Sus dos astas transmitían respeto y vigorosidad. El alce la miraba con presunción, pero con ojos de sabio. Ella no dijo nada, no podía hablar. No tenía miedo, pero tuvo la sensación de que no eran necesarias las palabras para comunicarse. «¿Me temes?», dijo el alce sin apenas mover los labios. Ella negó con la cabeza. «Bien. No sabes mi nombre y yo tampoco sé el tuyo, pero no debemos mancillar nuestras reputaciones con nombres y apellidos; al fin y al cabo, solo son letras. Quiénes somos es lo que de verdad importa». «¿Cómo puedo entenderte?», preguntó ella al fin. «Fácil, soy el espíritu de los muertos que jamás lograron ser nada, los nombres olvidados que nadie quiso nombrar, aquellos que nunca pasaron ni marcaron corazones ajenos. Vengo a llevarme a Alaska, no te pertenece. Es mía». «¿Mía?», repitió, «¿es una niña?». «No», contestó el alce, «no es nada, porque tú no quieres que sea nada. He oído tus súplicas, tus lamentos. He venido a llevarme a tu bebé y a librarte de la carga que conllevaba consigo». Empezó a llorar, se agarró el vientre y suplicó que no se lo llevara. «Seré buena madre», dijo, «no puedes negarme ser madre». «Puedes estar tranquila, no te niego el derecho a ser madre. Solo he venido a llevarme a Alaska. El dolor que lleva en sus manos es más grande de lo que un niño pueda soportar. No es consciente de la tristeza que provocará con sus primeros pasos, pues no fue concebida con respeto. Su creación fue violenta y abrupta, y tú aún la niegas. Déjame que me la lleve. Déjame que te libre de este peso que representa. Sé que no quieres entregármela por miedo a ser rechazada, pero debes tener fe. Más adelante querrás ser madre y podrás decidir. Querrás a tus futuros hijos más de lo que jamás llegarás a querer a Alaska. Entrégamela. Debes hacerlo». Y en un suspiro, la sombra desapareció. Todo se volvió negro y los párpados le pesaban.

Se despertó con los ojos llenos de lágrimas secas. El alce seguía colgado en la pared, inexpresivo, y su corazón latía con fuerza. Se levantó y vio sangre en el sofá. Lloró sin saber por qué. Notaba que algo en ella había marchado sin decir adiós, al igual que el recuerdo del mal y la pena. Se levantó a abrir las ventanas, tomó una bocanada de aire fresco y miró el paisaje, pensativa. Poco después sonrió, porque se notaba más ligera y porque el invierno parecía estar acabando.

María

María mira por la ventana. Su madre, sentada en la hamaca del jardín, devora lentamente un libro. Toda ella parece un ser de calma, una escultura de mármol blanco. Inhumana. Lejana. Esquiva. Acompañada de un vaso de *whisky* a las once de la mañana y unos rayos de sol que tuestan su piel incisivamente. María adora a su madre, pero no sabe cómo llegar a ella. Quiere aproximarse y ganarse un cariño al cual nunca estuvo acostumbrada. Pero cada vez que lo intenta, María se ve rechazada.

Con solo seis años de edad, no entiende qué debe hacer. Está algo triste, cabizbaja y puede que melancólica. Y su madre, altiva y juiciosa, tan alta e inalcanzable, siempre la mira por encima del hombro. María mira el pelo rojizo de su madre, casi parece estar ardiendo, acompañado por un cuerpo pálido, del color de un fantasma, transparente. Bella. Delicada. Es una mujer joven, aunque para María siempre será demasiado mayor. Algo ajeno a ella, distante, incomprensivo. Algo que da miedo, pero a la vez se venera y se admira. Algo que se aleja tanto de la infancia que ni siquiera recuerda que, hace un tiempo, también fue niña. Algo adulto, al fin y al cabo.

Observando desde lejos a su madre, María nota como sus ojos se entelan de azul. Sus mejillas se mojan de un llanto silencioso y se siente triste. ¿Por qué no la quiere? ¿Es que María no es suficientemente buena para ella? ¿Acaso no debería María, a los ojos de su madre, sentirse única y especial? Pero nunca obtuvo tal cariño. Y no sabe cómo llenar ese vacío que su madre le ha dejado.

María no tiene padre, nunca lo tuvo. No sabe cómo es, qué aspecto tiene y por qué no está con ellas. La mayoría de veces, cuando María pregunta a su madre por él, no obtiene respuesta. Así que ya no pregunta. Pero cuando la embriaguez nubla la razón de su madre, la escucha llorar. Puede ser que también sufriera un abandono, un no sentirse amada, una falta de amor propio que ese hombre llenó y luego arrebató con su huida, dejándola al margen de su propia estima y con un regalo no buscado.

A veces, María ve a su madre mirando al vacío, como esperando, en un silencio perfectamente harmonioso. Esperanzada. Ese regreso que nunca llega, pero que está por venir. Un amor que le devolverá esa confianza perdida. Y una familia feliz. Un deseo que no se cumple por ser ensoñación solo. Y María, que normalmente la observa a escondidas, no sabe si forma parte de esa felicidad requerida.

Algo que su madre adora son los libros. Tan bellos y largos. Llenos de páginas e historias y vidas ajenas y finales felices. Siempre absorta entre letras y papel. Pocas veces aparta la vista de un libro, solo cuando espera y jamás por María. Y cada vez hay más y más libros que abundan sus estanterías y menos y menos muestras de cariño. María se pregunta a qué sabrá un beso de buenas noches o una sonrisa de recompensa por portarse bien. Nunca lo supo y ya no sabe cómo pedirlo.

A María le disgustan los libros. Nunca entendió ese amor ilícito que tiene su madre por ellos. Son aburridos, sin color, fríos. A lo mejor, ese odio solo disfraza la envidia. Cuando se es falto de caricias, esta puede teñirse de rencor y rabia. Pero María no hace nada. Se deja invadir por ese enfado y llora.

Cuando la noche llega, María suele mirar por la ventana. Alguien le dijo una vez que si veía una estrella fugaz, debía pedir un deseo. Pero María mira y mira y nunca ve ninguna. Esta noche, María busca dicha estrella con más ansia que de costumbre. En un acto de rabieta le ha garabateado el libro a su madre para llamar su atención. Ella, que parecía no querer estar allí, la ha mandado a la cama sin cenar. Ahora, María llora. Y mira por la ventana con esa mirada de espera. El invierno tiñe el cielo de un color abstracto que le gusta. Y de repente, un segundo, algo fugaz. Repentino. Una estrella que cae y desaparece. María cierra los ojos y pide su deseo.

Cuando se levanta, se nota extraña. Su cuerpo tintado con letras y doblado en papel. Cubierto de tapa dura y un título sin importancia. La madre de María se acerca a su cuarto y recoge un libro encima de la cama. Lo mira curiosa y lo abre. Ya no lo suelta. Nunca jamás. Y María sonríe por dentro y se siente afortunada. Su deseo se ha cumplido.

Paolo

Paolo solo tiene once años. Está asustado. Más bien, asqueado. Sale como puede de esa pequeña habitación que ahora guarda un secreto de dimensiones abismales. Un secreto que se queda allí acorralado cuando Paolo cierra la puerta tras de sí. Y mientras se aleja, nota como el secreto se aleja también, como absorbido por la fuerza de ese pomo envejecido, culpable de tantos arrebatos mal cerrados.

Pero Paolo sigue en un estado de trance llevado por la desorientación. Un golpe mal dado de crueldad o puede que de realidad. Inseguro. En el rostro lleva ríos de lágrimas secas. Cobardes, han huido de sus ojos para evitar el horror que su mirada ha presenciado. Paolo las envidia, ellas han podido morir en el abismo que la inmensidad del suelo les ha traído. Tiritantes. Suicidas.

Paolo observa la nave central de la iglesia en la que se encuentra. Mira los bancos, predispuestos para la súplica y el lamento, una plegaria infinita de remordimientos. Y luego se mira los pies. Unos mocasines gastados lo protegen. Eran negros al principio. De tanto jugar, el suelo les devolvió el color de la inocencia. Los ve andar. No sabe cómo, pero andan. Y él, que se siente abrumado, los sigue. Camina por la nave central de esa iglesia sencilla y la mira distraído. Cuando pasa por el pasillo del medio, se detiene, como si de repente un suspiro que atormentaba sus oídos se hubiera apoderado de su ser. Y su cerebro. Y sus manos. Y pies. Y corazón. Tiemblan sus piernas. Puede que por el frío.

Esos pantalones cortos no lo salvaguardan del invierno, pero son mejor que nada. Y nada es una constante en su vida.

Nota como sus dedos están inquietos. Y, sin darse cuenta, el cuerpo se une al tembleque en un acto de solidaridad. Paolo se mete la mano en el bolsillo de la americana, saca una canica y la observa. Un color azul vivo se encuentra prisionero dentro de la esfera de cristal. Le recuerda al mar, un mar trémulo que solo ha visto en fotos. Y de un color imaginario, ya que su color real nunca tuvo la suerte de conocer. «Ojalá ser mar», piensa Paolo. Y, en un instante que le viene fugazmente y que solo dura un segundo, se siente como ese pequeño océano que encierra la canica. Tormentoso, furioso, rompedor, asesino de tantos marineros. Pero apaciguado por un cuerpo ajeno, algo putrefacto que lo mantiene a ras del suelo, que lo coarta como a un esclavo, que no le deja libertad para elevarse. Y en ese muro impasible, se encuentra un agua matadora que no consigue salir.

Paolo devuelve la canica a su bolsillo y se gira para ver el altar. En él, la estatua de Cristo le aguarda con posar triste y desolado, clavado por sus palabras y coronado con espinas. El rey del sufrimiento que quiere que su alma se desprenda. Paolo lo mira atentamente. De alguna forma, su sombra cubre el techo del altar y lo magnifica y Paolo siente como si su ser se empequeñeciera. Al instante, se arrodilla. Se siente juzgado, malhechor, desordenado. Pero en el momento en el que su rodilla derecha toca el suelo, su corazón le asoma por el pecho. Y se detiene. Carnicero y poco estable. Y los ojos vuelven a emborronarse con esa agua que su cuerpo estanca y que ha conseguido escapar por los lagrimales.

Pero su tristeza nunca fue triste del todo. Como si su mente no lograra controlarse, el secreto que se debía quedar quietecito le contradice con un recuerdo. Y Paolo se levanta con furia. Rabia. Dolor. Ira. Camina hacia el altar y a cada paso que da, una serie de imágenes lo atemoriza. Ni siquiera es capaz de describirlas, porque lo descuartizan para convertirse en un ser de solo huesos.

Paolo se detiene ante una gruesa cuerda de terciopelo roja. Una barrera intuitiva que solo existe porque se instauran los contrastes del bien y el mal desde atrás de ese altar. Una barrera que lleva el color del infierno. Una barrera que Paolo nunca hubiera llegado a traspasar si no se sintiera sucio como se siente en este instante. Pasa por encima de la cuerda y se acerca a la estatua de Cristo. Esa superioridad lo enerva de repente y se pregunta por qué jamás odió la inferioridad que esos ojos vidriosos le imponen. Y con una rebeldía surgida por la incomprensión, se sube al altar para poder mirar a Cristo a los ojos. De frente. A su mismo nivel. Y le pregunta tantas cosas mientras lo observa que ni siquiera se acuerda de lo que acaba de preguntar. Aunque todas empiezan igual: ¿por qué? Se saca la canica del bolsillo y la pone a sus pies. Quizá como una ofrenda, quizá ya no quiere tenerla más como suya. Notaba, de forma metafórica o no, cómo le estaba quemando la piel. Y, una vez que la canica se encuentra en esos pies sucios hechos de madera, Paolo vuelve a mirar a Jesús. Lo inspecciona y, de algún modo, se siente identificado con el posado melancólico que todo él transmite. Y lo odia por eso.

Algo quebrado en su caja torácica, ha decidido ceder y acabar por romperse. Y en un impulso repentino, con una furia enloquecida, Paolo le escupe en la cara. Se baja del altar con un salto, luego pasa por la cuerda y se aleja corriendo entre los bancos mientras su manga derecha le limpia las lágrimas. Sus pasos apresurados resuenan por toda la sala hasta que un golpe seco los hace desaparecer para siempre. Mientras tanto, un líquido blanco y espeso gotea por las mejillas de la estatua, confundiéndose con ese llanto que años atrás le costó la vida.

Marianne

Marianne tenía el pelo largo, siempre llevaba la falda del uniforme por encima de lo reglamentario y aprovechaba cualquier ocasión para maquillarse, aunque fuera rara vez. Apenas cumplidos los quince, Marianne se vio encerrada otra vez en aquel internado de chicas que tanto odiaba. Y no solo porque fuera una escuela estricta, donde la libertad escaseaba, sino porque sentía que allí su belleza y su cuerpo ya desarrollado no eran suficientemente valorados.

Era cierto que todas las chicas la adoraban, que querían un pedazo de ella, que anhelaban su amistad. Quizá era por su valentía, por no tener miedo a ser castigada, por no medir sus palabras. O quizá porque Marianne ya se consideraba una mujer y hacía que las demás se sintieran como niñas a su alrededor. Fumaba a escondidas y visitaba a los chicos algunas noches. Muchas la odiaban en secreto, sentimiento llevado por la envidia.

Y las monjas, bueno, ya no sabían qué hacer con ella. «Con ese comportamiento», le decían, «los hombres pueden tener una visión equivocada de ti. ¿De verdad quieres que Dios te tome por una pecadora?». Ella solo contestaba con una sonrisa pedante. «Que opinen lo que quieran… ¿Acaso pueden cambiarme con sus pensamientos?».

Una mañana, en miedo de clase de Religión, Marianne preguntó:

—Si Dios hizo a la mujer para servir al hombre, ¿por qué este hace todo lo que una chica bonita le pide?

Todas sus compañeras empezaron a reír con cautela y ansiando ver la reacción de la profesora. Esta, conociendo ya sus excentricismos, solo la mandó a ver a la madre superiora y siguió con la clase como si nada hubiera pasado.

Sentada en el banco de afuera del despacho, pudo oír la cascada voz de aquella anciana. Intentó adivinar lo que decía, pero fue en vano. De repente pudo percatarse de que se acercaba a la puerta y Marianne miró hacia el frente. Al abrirse, oyó con claridad sus palabras: «Bienvenida a nuestra escuela». A estas, les acompañaba una pareja bastante joven y una chica con mirada tímida. Marianne intuyó que la chica debía tener su edad, aunque su cara aún era la de una niña. Llevaba el pelo recogido y, aun así, había dos o tres mechones que ocultaban parcialmente su rostro.

Al ver a Marianne, la madre superiora dejó de sonreír.

—¿Qué has hecho esta vez? —soltó.

—Nada, lo juro. Solo he preguntado —respondió con fingida inocencia.

El hombre la miró y se rio. Marianne pensó que era demasiado joven para tener una hija de esa edad, pero no le dio mucha importancia. Esta le devolvió una sonrisa coqueta.

—Pasa dentro —le ordenó, y Marianne obedeció, no sin antes volverse para mirar a la chica nueva. Esta vez sus miradas se cruzaron.

Marianne empezó a fijarse en la chica nueva en clase. Nunca decía nada, si le preguntaban respondía con un «no lo sé» y pocas veces alzaba la vista de su cuaderno. Después empezó a observarla en las comidas, luego en el patio y, finalmente, a todas horas. Apenas hablaba con las otras chicas, siempre andaba sola y nunca se quitaba la coleta. Tampoco la había visto sonreír. Alguna vez les preguntaba a las otras chicas por ella, pero todas pensaban que no valía la pena intentar hablarle, ya que nunca respondía. Sin embargo, Marianne tenía la extraña sensación de que escondía algo, y se moría por saberlo.

Pocos días después de su primer encuentro, Marianne se sentó con ella en el patio.

—Hola.

No hubo respuesta. Marianne, decidida a hacerla hablar, la provocó.

—Tu padre es muy guapo —dijo con una sonrisa.

—No es mi padre —contestó malhumorada.

—¿Entonces quién es?

—Mi hermano.

—¿Y por qué vives con él?

Se encogió de hombros y el silencio volvió a envolverlas. La chica no había apartado la vista del suelo en todo ese tiempo. Otras hubieran desistido, pero Marianne no se dio por vencida.

—No hablas mucho, ¿verdad? —Pero no recibió respuesta—. Soy Marianne, por cierto.

A lo lejos oyó a sus amigas llamándola, pero hizo caso omiso. Decidió quedarse en silencio a su lado. Su peculiar forma de ser la intrigaba y descubriría, de una manera o de otra, la forma de comprenderla.

Empezó a sentarse con ella a la hora de cenar, y le siguieron la comida y el desayuno. Poco después le cambió el sitio a quien se sentaba a su lado en clase.

Para evitar los silencios, Marianne empezó a hablar y hablar. Así pues, las conversaciones que mantenían normalmente se convirtieron en las quejas e historias de Marianne y en el silencio buscado de la otra. Alguna vez, aunque fueron pocas, Marianne le había preguntado por alguna tontería, pero dejó de hacerlo al darse cuenta de que nunca obtendría una respuesta clara. Pero también se dio cuenta de que poco a poco la chica empezaba a mirarla, a interesarse por sus historias, a soltar una que otra palabra. Y sin saber cómo, Marianne empezó a sentir que por primera vez tenía una amiga. Las otras chicas la miraban y no entendían el porqué de su comportamiento. Pero a ella no le importaba.

Un día, su nueva amiga le preguntó que por qué era tan impertinente en clase y, acto seguido, Marianne empezó a comportarse bien. Otro día le dijo que fumar acabaría por matarla, y no le faltó tiempo para tirar todos los paquetes. Y, poco después, las visitas nocturnas a los chicos las sustituyó por la habitación de ella.

Era ya entrada la noche cuando Marianne llamó a la puerta. Esta se abrió sigilosamente y le mostró el rostro cansado de la chica. Sin decir palabra, la dejó entrar, cerró el cuarto y se sentó a su lado.

—Hoy he decidido que te voy a maquillar —dijo con entusiasmo. La otra apenas mostró sentimientos, pero hizo un intento de sonrisa.

Mientras Marianne repasaba con sus pinceles los contornos de la chica, se dio cuenta de que esta escondía más potencial del que se pensaba en un primer momento. Sin poder controlar sus impulsos, Marianne acarició su mejilla y dijo:

—Eres preciosa.

Ella la miró directamente a los ojos y apartó rápidamente la vista.

—Bueno, ya estás lista —dijo enseguida para salir de ese trance.

La hizo mirarse en el espejo y pudo ver en sus ojos algo parecido a la sorpresa. Nunca le dijo qué sintió al verse, pero Marianne imaginó que ver el reflejo de una versión diferente a la habitual te deja desconcertado. O quizá verse bonita cuando nunca pensaste que podrías serlo te colapsa. Marianne, en cambio, nunca se había sentido así.

—¿Cómo es que te besen? —preguntó de repente.

—¿Nunca te han besado?

E hizo que no con la cabeza.

—Dime, ¿alguna vez te ha gustado alguien?

Miró hacia sus manos, que nerviosas jugueteaban con el cordón de su bata. Marianne sintió cierta ternura al verla.

—No pasa nada, no es que tengas mucho donde elegir por aquí —dijo en un vano intento de hacerla reír.

—Yo… no creo que nadie sea capaz de fijarse en mí.

—No digas eso —replicó enfada.

Ella no contestó. Se volvió a mirar en el espejo y se apartó de Marianne, dolida.

—Deberías dejarte sentir que eres hermosa, aunque solo sea de vez en cuando.

—¿Sabes por qué vivo con mi hermano?

Marianne no dijo nada. Ansiaba conocer el pasado de su nueva amiga, pero temía que este fuera demasiado aterrador.

—Nuestros padres nunca nos han querido. —Miró a Marianne y al ver su rostro apenado, aclaró mejor la historia—. Jamás nos maltrataron ni nos hablaron mal; simplemente, nos ignoraban. Pensaban que recompensarnos con regalos caros y darnos todo lo que pedíamos era suficiente para querernos. Pero la falta de atención… Mi hermano me acogió cuando cumplió los dieciocho, pero siempre está con su novia y rara vez estoy invitada a unirme a ellos. —Hizo una pequeña pausa para mirarse otra vez en el espejo—. Es difícil sentirse hermosa cuando nadie te ha visto de esa manera.

Marianne se avergonzó de sí misma por haber pensado mal de ella alguna vez. Se sentía triste por no poder demostrarle la grandeza que escondía bajo su delicada tesitura, y lo mucho que Marianne había dejado atrás por ella. No solo se trataba de una belleza exterior que se pudiera describir, era algo más esencial que su piel o cabello o manos. Eran todas esas pequeñeces que la incitaron a acercarse a ella y, de algún modo, Marianne pudo describir qué era lo que había en ella que la hacía tan especial y, en consecuencia, lo que ello provocaba en Marianne.

La abrazó, no porque quisiera consolarla. Puede que a su modo, y en un acto egoísta, Marianne necesitara el abrazo de su amiga para poder salvarse de ese pasado tan cercano, ahora compartido, ya que se lo había contado.

Ella, por primera vez, dejó que los brazos de Marianne la encerraran en ese delirio tierno que jamás se permitió obtener. Y una calidez lejana llamaba a la puerta de su habitación para envolverlo todo, solo por unos instantes.

Marianne, puede que por empatía o puede que hubiera otros motivos que escapaban de su razonar actual, se acercó a su amiga, a su cuello de cisne, a su mejilla derecha y, finalmente, a sus labios recién pintados. Carnosos y frágiles.

Gentilmente, dejó, en un suspiro, la huella de sus deseos arrebatados por las leyes. Y sintió en los de ella la perfecta armonía y ese «hacer lo correcto» que pocas veces había notado anteriormente. Puede que, si Marianne dejaba de engañarse, esa fuera la primera vez que se sentía así.

Durmieron abrazadas esa noche, cubiertas por un frenesí que se filtró por ese aire nocturno y frío, y que desapareció al salir el sol.

Marianne despertó sola. Sentía… vergüenza, contradicción, miedo. Y no le fue difícil imaginar que ella sentía lo mismo.

La vio desayunando junto a varias chicas de su clase. Su posar le recordó a una plegaría silenciosa que nadie quiere escuchar. Se sentó a su lado, ella rechazó su compañía. Y Marianne, que no quería obligarla a sentirse más culpable de lo que ya se debía sentir, buscó otra mesa en la que comer.

Después, huyendo de sus responsabilidades, decidió saltarse las clases para tener tiempo para recapacitar. Quería ayudar a su amiga, pero antes debía ayudarse a sí misma. Empezó a caminar por los bosques de alrededor. Había hecho tantas veces ese camino que ya no existía ese miedo a ser vista. Una tranquilidad apaciguadora siempre recorría los caminos que allí había empezado.

Hacía frío. Dejó que irrumpiera en su piel para así poder sentir otra cosa que no fuera remordimiento. Y, a lo lejos, vio la pequeña ermita derruida. Era su refugio cuando huía de la escuela o quería esconderse con algún amorío de miradas curiosas.

Pero, por primera vez, Marianne entró con la intención de buscar respuestas. Se arrodilló y miró hacia el cielo. Pensó que, puesto que no había techo, sus pensamientos llegarían antes. Y en un silencio acompañado por una brisa diurna y acariciada por las ramas de los pinos, Marianne habló consigo misma y habló con Dios. Y, al fin, su culpabilidad no le pareció tan culpable.

«La fe es algo tan extraño», pensó. «Necesito saber que me proteges y que me quieres, que bajo tu mirar mi comportamiento es el correcto si actúo sin maldad. Y ¿qué maldad puede haber en amar a otra persona? Dios, para mí nunca serás como te describen en el internado. No me juzgues como lo harían aquí abajo, te lo suplico. Sé que tus palabras no pueden ser de ira contra mí, porque nunca quise dañar a nadie, y esa debería ser la única palabra que se debería propagar de ti. Dios, hice mal y me arrepiento de muchas de mis actitudes, pero no de esta. Así que, dime, ¿soy digna de tu amor a pesar de no comportarme como ellos dicen que debería comportarme para serlo? Sé que la respuesta es sí, porque así yo lo creo. Me has enseñado en estos meses que lo único que importa es dar sin esperar nada a cambio. Y creo que cuando uno se guía por esa moral, nada más importa. Me alegra poder hablar contigo, aunque sea de vez en cuando», rio. «Te agradezco que me escuches».

Se sintió querida y protegida, pero no solo por Él, sino también por ella misma.

Cuando volvió al internado, la calma había resuelto cualquier incertidumbre que se ajetreó en su mente. La buscó, no sin antes disculparse ante la profesora por haber desaparecido tan repentinamente. Fue a su cuarto y llamó a su puerta. Tardó en contestar. Como si Marianne pudiera ver a través de la puerta, supo que ella aguardaba a que algún imprevisto la hiciera desaparecer. Pero como no sucedía tal situación, se vio obligada a abrir.

Avergonzada, ni siquiera la miró a los ojos. Con la puerta abierta, se fue a sentar en la cama para taparse con sus piernas. Marianne cerró tras de sí la puerta y se sentó a su lado. Quiso coger su mano, pero ella se apartó.

—Marianne, no me gustas —dijo seca—. Es decir, sí me gustas, pero no así.

—Lo sé.

Al ver su perplejidad, intentó volver a acercarse.

—Lo sé, y a pesar de que yo sí me siento así por ti, no quiero que eso nos distancie. Verás, no es fácil definir qué me incitó a acercarme a ti. Y puede que jamás lo llegue a conocer. ¿Cómo decirlo? Me noto cambiada. Gracias a ti. —Ella la miraba atentamente—. Lo que quiero decir es que no hace falta que etiquetes lo que sientes. Puede que jamás me veas de la manera en la que yo te veo, o puede que algún día sí. Pero en este instante, no hay ninguna prisa por averiguarlo. Porque lo que de verdad importa es que me gusta estar contigo y que, por primera vez, siento que tengo una amiga. Y sé que este rechazo no es debido a lo que puedan pensar de ti, me ha quedado muy claro en estos meses que no te importa desencajar. Pero tu miedo es debido a que no crees que nadie pueda llegar a quererte nunca. Y, bueno, ya has visto que yo lo hago. —Marianne se paró para sonreír y acariciarle el pelo—. Por ahora no voy a desaparecer y, sobre todo, no quiero hacerte daño, si es eso lo que te preocupa. Disfruta de que, de momento, seguimos juntas y ya veremos qué pasa mañana. —Ella acercó su cabeza sobre el regazo de Marianne—. Así que, por favor, si es este miedo el que sientes, no me alejes de ti.

Marianne vio como una lágrima se escapaba para morir en sus rodillas. Volvieron a ese silencio que ella siempre llevaba consigo. Un silencio paciente, tranquilo, cómodo. Limpió sus lágrimas y le rascó la nariz al buscar su sonrisa. Ella se dejó abatir y sonrió.

El sonido de sus risas se escapó de la habitación para agrietar las paredes de los pasillos contiguos. Y, mientras caminaba por ellos, dejaba un rastro de delicia. Horas más tarde, se esparciría gracias a las pisadas de las alumnas al recorrer sus baldosas.

Y a pesar de no ser oído por nadie, se mantuvo vivo mucho tiempo. Aun cuando Marianne y su amiga dejaron el internado y empezaron su vida adulta.

Teo

Teo se desgarró la camisa al intentar colarse por la ventana de su nueva amiga. La joven, de ojos azules y pelo castaño, llevaba atormentando su inconsciente desde que la conoció. Tenía quince años, solo gustaba de libros y siempre estaba sola. Así fue como la vio por primera vez, en la estantería de poesía española, perdida en un viejo poema de Machado. Sentada en el suelo, lágrimas en los ojos. La vio y de algún modo quedó ciego. Paralizado. Alentado por la cordialidad e irracionalidad que despertaban esas piernas cruzadas envueltas en un vestido color lima escondiendo un mal mayor. Teo solo tenía dieciséis años. Y por una ley obtusa que le impulsaba a acercarse, temió no ser suficientemente valeroso.

—Perdona, ¿te estoy estorbando?

Esa voz angelical arrancó de cuajo la serenidad de su presencia. De repente, se dio cuenta de que sonreía. Ella. Él. Absorto en algún temor irreconocible y tentador. Él se agachó. Se acercó tanto a sus labios que casi podía sentir cómo palpitaban. Esos ojos, mareas profundas que esconden criaturas por descubrir. Quería bañarse en ellos toda la vida, hasta ahogarse.

—Tranquila, el libro que quería ya lo están usando.

Ella miró los poemas que entrelazaban sus manos hacia una belleza astral. Luego miró a Teo y devoró cada peca, cada rizo.

En un intento de no parecer nerviosa, tragó saliva y se levantó:

—Voy a llevármelo a casa. Si quieres sígueme y lo compartimos. Pero tendrás que entrar por la ventana. Al fin y al cabo, no te conozco.

Y ahora, en este placer infantilizado que es la madurez, Teo acaricia con dulzura los omoplatos de la joven, recién descubiertos por el hombre, desnudados a su antojo.

—Es la primera vez que me acuesto con alguien.

—Yo también.

Cubiertos con un miedo precoz y tiritando por ese frío que causa la inocencia, se descubren tiranos e irritantes. Se sienten cobardes, extasiados, vulgares. Pero gigantes y preciosos. Sus manos, que no se han separado la una de la otra, temen hacerlo, pues ¿quién les asegura si no la veracidad que ha habido en sus actos?

Es difícil aclarar qué punto fue el más aterrador, cuál fue el más abstracto y cuál el más placentero. Todo ha quedado borroso de algún modo varios minutos después de que sucediera. Pero son felices. O eso creen.

Alguien llama a la puerta. Ella se sobresalta y ordena a Teo que se vista.

—Cariño, la merienda está lista.

—Ahora bajo, papá.

Los pasos desaparecen y Teo la mira, rosada, sudorosa, casi sin aliento. Tiene un brillo especial en los ojos que antes no tenía. Será la metamorfosis excéntrica de convertirse en adulto. O puede que ya tuviera esa firmeza al hablar, pero no la notó por estúpido.

—¿Vienes?

—¿A merendar?

Ella no le responde. Se acaba de vestir y sale por la puerta. Teo la sigue. Baja unas escaleras y descubre su reflejo en un espejo anticuado. Se arregla su pelo enmarañado y se devuelve una sonrisa pícara. Luego, sigue su camino y encuentra un salón de un verde esmeralda dañino. En el medio, una familia sentada en una gran mesa cuadrada de roble. Hay un plato en la mesa para él. Se sienta. No dice nada. Nadie habla. Mira a los miembros de la familia, uno a uno. Un chico, una chica, un hombre, una mujer y, a su lado, su amada, su amiga, su todo.

—¿Quién es? —pregunta la madre.

—Mi novio.

—¿Me dejarás jugar con él después? —pregunta el hermano.

—Claro —responde ella sin apartar los ojos de su plato.

Vuelta al silencio. Pero no es incómodo. Es tranquilo, paciente, embriagador, estimulante. Envuelto en esa extraña escena que lo invade, siente una paz a la que decide llamar hogar.

Después de las pastas y el té, Teo se ve obligado a seguir al hermano a su habitación, arrastrado por esas manos suaves y reconfortantes. Una vez dentro, Teo se apoya contra la puerta y lo mira. Él se sienta delante de su tocador y empieza a maquillarse. Teo mira su reflejo. Le sacude una calma alarmante que lo atrae hacia él. Él lo nota y eso le place. Y mientras tiñe sus labios de rojo carmín, Teo siente una vaporosa sintonía que lo aviva. Deseo. Siente deseo. La piel se le agallina y solo desea. El hermano se levanta y coge un vestido rosado que tenía colgado en la silla.

—Ayúdame.

Teo obedece. Él se gira y lo mira de perfil. Teo sube la cremallera del vestido y le toca los hombros. La suavidad de su piel, la esponjosidad de su pelo negro, esos ojos verdes y seguros. Teo lo abraza.

—Creo que te quiero.

Teo se arrodilla y sin dejar de abrazarlo siente una confusión estrepitosa. Él se arrodilla también.

—¿Crees que soy hermoso?

Asiente asustado. Tiene miedo de lo que siente, de él y de aquello que ha despertado. Se acercan lentamente, recelosos, como esperando que alguien les detenga, pero rezando para que no pase tal cosa. Novedosos y con una euforia que va de la mano con el rechazo, se besan y Teo arde por dentro. Después se aparta con rapidez para mirarlo. Sonríe. A pesar de todo, se siente complacido.

—Vete, mi hermana te espera.

Teo se marcha de la habitación y la cierra. Vuelve a pasar por ese espejo anticuado y repasa con su dedo índice los restos de carmín en sus labios. Puede sentir el beso si los cierra. Decide no limpiarse, no quiere despedirse de él todavía.

No encuentra a nadie en el salón, así que inspecciona la casa en busca de alguien. En la cocina, encuentra a la hermana mayor. Gime. Cada vez más fuerte. Teo se asusta y se esconde tras el marco de la puerta. Ella vuelve a gemir y se estira en el suelo. Teo se percata de que lo está mirando y no le importa. Ella, con una mano en la entrepierna, empieza a respirar cada vez más rápido. Se desabrocha el vestido negro y se desnuda ante él. Teo se excita y también se desnuda. Sin tocarse, ambos llegan a un compromiso orgásmico que les lleva al paraíso. Ella entonces grita su nombre desgarrándolo. Teo. Teo. Teo. Y, de repente, una serie de espasmos altera su cuerpo. Teo la coge entre sus brazos.

—Hoy me has hecho feliz.

Teo se siente complacido. Se levanta, se abrocha el pantalón y la deja en el suelo, aún jadeando. Su voz está repleta de satisfacción. Y eso agrada a Teo.

Vuelve a subir las escaleras, pues no sabe dónde está su amada. Al pasar por al lado del espejo se siente extraño, mayor, diferente. Como si ese reflejo hubiera dejado de reflejarlo. Sigue su camino y decide buscarla en su habitación. Pero de camino oye una dulce melodía que le arrastra al cuarto de baño. Entra sin preguntar y oye que la voz proviene de la bañera. El ambiente, lleno de vapor y taciturno, parece una sauna. Decide acercarse y descorrer las cortinas. La madre, mojada, le sonríe.

—¿Es que nunca tienes suficiente?

—Tienes una voz hermosa.

—¿Quieres que te cante?

Teo asiente con la cabeza. Mientras ella acaricia sus orejas con las notas de una nana inglesa, Teo se desviste y entra en la bañera. Se sumerge bajo el agua y la satisface con su lengua. Ella chapotea divertida y ríe a carcajadas. Él aguanta la respiración todo lo que puede y cuando nota que sus pulmones están a punto de estallarle en el pecho, sale del agua y respira. Ella lo besa, con un gusto a tabaco y ginebra. Teo se siente repugnado y se levanta. Ni siquiera se viste. Ella sigue riendo. No para de reír. Así que Teo coge su ropa y se larga indignado.

—¿A dónde vas? ¿Es que no te gusto? —dice entre carcajadas.

Entra en la habitación de su amada y la encuentra estirada en su cama leyendo. Enfadado tira la ropa al suelo y se estira junto a ella. La abraza y la besa en el cuello. Ella se aparta.

—¿Qué te pasa?

—Nada. Pero tú no me quieres.

—Sí que te quiero.

—No, tú estás enamorado de mi padre.

Teo se aparta desolado. Decide que lo mejor es irse. Como la ventana está cerrada, cree que lo mejor será salir por la puerta. Vuelve a vestirse y se despide con un beso. Pero ella no se lo devuelve y se adentra más en el libro. Teo siente unas ganas irrefutables de llorar. Llora. Luego se va. Antes, se mira en el espejo. Mojado, lloroso, cobarde, viejo. Rompe el espejo contra el suelo porque odia la forma en la que lo retrata. «Debería ser más amable», piensa.

Ve la puerta y corre hacia ella.

—¿Ya te vas?

La voz del padre retumba por toda la casa. Proviene del salón. Se acerca y lo ve sentado en un enorme sillón color caramelo. Y, de repente, Teo ha dejado de ser Teo. Porque ese hombre, que se teme a sí mismo, ha querido complacerle con sus palabras. Teo olvida que es Teo y se acerca a ese hombre incuestionable y todopoderoso. Teo cree que está ante el mismísimo Dios, y se siente feliz. Teo se arrodilla. Teo lo admira. Teo lo ama.

—Dime, Teo, ¿qué has aprendido?

—Señor, todo lo que sabía parece empequeñecerse ante la inmensidad que desprende su ser.

Su sonrisa se encapricha de Teo y lo hace vulnerable.

—Déjeme besarle y prometo ser suyo para siempre.

Teo trepa por sus piernas, por su pecho y por sus brazos y acaba bajo el hechizo de su boca. El padre lo besa con la fuerza y ternura que solo un hombre puede dar. Teo se siente inexplicable, agonizante, a punto de estallar. Ama. Por primera vez ama. Teo se deja desnudar y siente como su mano, al acariciar su piel, le deja un rastro vespertino y de amapolas. Teo se deja sodomizar y un éxtasis reconfortante lo abriga. Esa explosión paralizadora y liviana lo inunda. Tiene un orgasmo. Tiene varios. Y decide no apartarse jamás de ese hombre. Teo, una vez extasiado y abrazado a su nuevo amante, pregunta con un suspiro:

—¿Cómo es posible sentir que no pertenezco a nada?

—Todos nos sentimos así.

—Pero tú haces que me sienta cómodo.

—Yo también te quiero, Teo.

Teo se queda dormido al lado de ese hombre al que adora más que a sí mismo. Teo no siente rencor, ni pena, ni soledad, ni remordimiento. Teo ya no necesita su reflejo porque, al fin, lo siente suyo.

Pablo

Pablo dio otro sorbo a la cerveza medio vacía que alguien le había dado al entrar. Podía notar como por sus venas ya no corría sangre, sino copas y copas de alcohol mezclado con algo. Realmente, nunca sabía qué llevaban. A Pablo ya no le importaba el sabor, solo quería pasárselo bien. Y olvidar. Pero eso nunca lo decía.

El *rock* alternativo que inundaba la sala de estar de algún padre permisivo se le metió debajo de la piel y se juntó con la euforia y el alcohol. Su cuerpo tomó el control de su mente y solo podía bailar al compás. No era capaz de ver a su alrededor, de escuchar a su alrededor, de sentir a su alrededor. El sudor corría por sus robustos brazos descubiertos por los tirantes y empapaba tanto espalda como pelo. Le daba un brillo atrayente.

Tan perdido en el solo de guitarra estaba que ni se percató de los ojos azules que se habían posado en él antes de empezar la canción. Y, de repente, de rápidos pasaron a lentos y los cuerpos de los jóvenes llenos de hormonas se juntaron sin dejar apenas aire. Y al son que Pablo se quejaba del cambio radical, notó una mano que le rozó la cintura y que se asentó en ella. Una rubia de ojos azules le pidió que la invitara a bailar, a lo que Pablo respondió con una sonrisa:

—Creía que eso de invitar ya estaba pasado de moda.

Apenas era capaz de oír su propia voz, así que al no obtener respuesta, dudó que ella lo hubiera escuchado. Ella, en cambio, le agarró sus manos y se las acercó a su cintura, mientras se acercaba a los labios de Pablo en un acto de provocación. Pablo se dio unos segundos para observar el rostro de la chica. Y aunque la luz no era la adecuada y sus miradas estaban demasiado pegadas, pudo observar unas leves pecas en su nariz y la parte superior de sus mejillas. Era mona, pensó, de las que consiguen lo que desean. Si él era su deseo, no pondría ningún inconveniente.

Al ver que él no hacía nada, la chica se arrimó aún más. A Pablo le gustaba probar a la gente, hacerse el difícil. Para él todo era un experimento. Y así se quedaron, en un silencio musical que no necesitaba llenarse. Las ganas de corromperse aumentaron a la vez que la canción avanzaba y Pablo, inconscientemente, se humedeció los labios. Él no notó su propia mirada de deseo, pero fue suficiente para que la chica accionara su boca contra la suya en una batalla de saliva y gusto a vodka barato.

Una batalla que acabó en el piso de arriba a escondidas. Pero mientras subían las escaleras a toda prisa y entre risas, a Pablo le entró el pánico. Y es que Pablo tenía un secreto que nadie más sabía. Uno que su madre sospechaba, pero nunca se atrevía a revelar. Se paró en seco y soltó la mano de la chica, dejándola confundida y con mirada expectante. Ella, al cabo de un rato, solo sonrió traviesa, atribuyendo su repentina parada a más ganas de jugar. Así que se le acercó lentamente y buscó revoltosa en su cuello algo que encender. Funcionó. Aunque Pablo estaba temblando, la chica sabía cómo calentarle.

Subió arrastrado por la chica y por no pensar con claridad. Una vez en la habitación, la chica se sentó en medio de lo que parecía la cama de los padres del anfitrión y se cruzó de piernas, siempre con una sonrisa traviesa. Pablo, apoyado en la puerta ya cerrada, estaba atacado, aunque lo disimulara muy bien.

—Dicen —dijo ella— que sabes cómo hacer disfrutar a una chica.

Entonces Pablo se relajó de repente. Eso era cierto. El problema era que no sabía cómo hacer que él disfrutara también. Pero toda su seguridad, que se había ausentado, volvió sin más. Apagó la luz y se lanzó como un animal encima de la chica. No necesitaron cubrirse, a pesar de ser pleno invierno. Bastaba con su propio calor. Pasaron largos y deliciosos minutos allá arriba. No llegaron lejos, pero lo suficiente para sentirse saciados. Ella salió con una gran sonrisa y un «llámame», y Pablo con otra experiencia a la que aferrarse en soledad.

La perdió después de verla arreglándose el pelo y los pantalones mientras se confundía entre la gente. Miró el reloj y decidió volver a casa. Hoy ya había tenido suficiente fiesta. Se acordó de su cuerpo desnudo. ¡Y tanto que la había tenido!

Volvió a casa andando, solo estaba a unas manzanas de la suya. El frío se coló en sus huesos y se arrepintió de haberse olvidado la chaqueta vete a saber dónde. Pero estaba contento, sonreía tontamente. Recordaba la habitación de los padres de aquel chaval que apenas conocía. Y recordaba la chica de ojos azules y pecas en las mejillas. Seguro que mañana ni se acordaba de su nombre. Estudió con detalle cada paso que había tomado allí arriba, recordando cada acto para poder deleitarse con ese momento un poco más.

Y sin darse cuenta se encontraba en el portal de su casa. Entró sin hacer ruido y a hurtadillas. Y cuando ya alcanzaba la puerta de su habitación, oyó la voz de su madre irritada:

—¿Qué horas son estas de llegar? Marta, recuerda que mañana vamos a probarnos los vestidos para la boda de tu hermana.

Te quiero vestida y preparada antes de desayunar, ¿entendido? ¿Y qué pintas son esas? Pareces un chico.

«Pareces», suspiró Pablo sin que su madre lo oyera.

Clara

Clara se siente mareada. El vestido no para de subirse y no puede dar más de dos pasos derechos. Siente una especie de euforia que se mezcla con sueño. Le duelen los pies y tiene hambre. Intenta andar con normalidad y se pone recta. Se imagina que es una mujer de clase adinerada y pretenciosa y luego se ríe. Sola. No hay nadie en la calle. Nadie la observa. Se encuentra con esa fragante libertad de no sentir vergüenza. Esa muralla que envuelve su ser los días corrientes hoy se ha ahogado con el alcohol, y la deja libre, suya. Desatada y desinhibida. Sin consecuencias. Otra, pero ella.

Y ese éxtasis se agranda con la memoria. Clara recuerda a sus amigos esperándola en el rellano de su casa porque siempre llega tarde. Recuerda a su mejor amiga mirándola enfadada y luego abrazarla sin resentimiento. Recuerda los comentarios hacia su vestido. «Madre mía, hoy Clara se los lleva a todos por delante». Clara sonríe. La calle es larga. Su casa parece no llegar nunca. Se quita los tacones. El suelo la recibe frío y duro. Pero sus pies respiran por fin. Y Clara intenta pensar en cuántas horas estuvo dentro de ese local. Nota que tiene lagunas, pero no se sorprende. Clara no sabe beber. Esa fea costumbre que tiene de perder el control le disgusta, pero no sabe cómo pararla. ¿Es posible que Clara se sienta reprimida por su consciencia y que el alcohol sea la única medicina que la calla? La respuesta siempre es sí. Clara se conoce demasiado bien como para negarlo. Esa locura cuando bebe no es propia de ella, que siempre fue tan seria y correcta. Clara no se arrepiente. Aunque lo más probable es que la embriaguez tenga presas sus neuronas.

Y, al fin, el camino se vuelve corto y llega a su casa, con un zumbido que martillea su cabeza y sus ojos que apenas ven. Suerte que ha hecho el mismo camino toda su vida. Llega a la puerta y maldice haberse dejado la chaqueta no sabe dónde. «¡Qué frío hace, joder!», suelta mientras intenta varias veces meter la llave en la cerradura. Delante del ascensor siente que la eternidad la envuelve. Y el tiempo, tan relativo y tan cansino, parece que no quiere que Clara llegue a casa. Aburrida, decide subir por las escaleras. Al fin y al cabo, solo son dos pisos. Como puede, llega a la puerta de su casa. Es extraño, oye como sus padres están hablando. «Mierda, se han levantado», piensa. Busca su móvil a toda prisa para mirar la hora. Ciento seis mensajes. Todos sus amigos le han dicho algo. «Dnde coño stas?». «Has desaparecido de repente!». «Contesta tía, stoy preocupada!!!!». Clara se asusta. No recuerda haberse alejado tanto rato. Pero para ser sinceros, no recuerda casi nada. Son las 6:05. Clara entra en casa, con miedo, preparada para la bronca.

—¡Clara! —Su madre la ve entrar y la mira horrorizada. Luego empieza a llorar y la abraza—. Cariño, ¿estás bien?

Su padre se queda petrificado y la mira con pesar. Sus ojos se desorbitan y espantan a Clara. Se acerca a ella y le toca la mejilla.

—¿Qué te han hecho? —dice abatido.

Clara se siente confusa.

—Tenemos que llamar a la policía —dice su madre mirando a su marido con desesperación y un llanto en la boca, a lo que él asiente casi imperceptiblemente.

Clara entonces ve su reflejo en el espejo del recibidor, e hipnotizada por él, se acerca lentamente, separándose del abrazo de sus padres. Horripilada, sus ojos se empiezan a aguar y de algún modo esa noche aparece delante de Clara en forma de flechazos fugaces. Tiene la cara llena de moratones, un ringlero de sangre que le cae desde la ceja hasta la mejilla y el vestido roto. De repente recuerda a un hombre, puede que fueran dos, puede que tres. Y un dolor en la entrepierna.

El éxtasis de Clara se ve turbado por la incoherencia de su memoria. Una mirada le ha bastado para teñir esa euforia ficticia en disgusto. Se siente sucia, utilizada, pintada de negro y rojo. Y Clara llora. Se imagina quitándose el cuerpo como si fuera un disfraz, desearía que así fuera. No quiere formar parte de él nunca más. Quiere desatarse de él. Tirarlo. Desprenderse. Y una rabia incipiente la desgarra. ¿Por qué? ¿Por qué? ¿Por qué? Se le clavan en la cabeza como alfileres. ¿Qué monstruo se aprovecharía de alguien que apenas se puede tener en pie? ¿Fue su culpa por beber tanto? ¿O eso no es excusa para justificar la atrocidad que a ella le han hecho? Clara se siente confundida. Tiene miedo. Se siente culpable, idiota, pequeña. Pero entonces Clara respira. Su mente se apacigua y sus pensamientos se calman, una bombilla rota se enciende de repente en su cabeza. Tiene suerte de estar viva. Pero Clara no se siente afortunada. Cierra los ojos. Todo negro. Todo oscuro. Clara suplica. «Ojalá poder desaparecer», piensa.

Fernando

Fernando apartó la mirada cuando sus ojos, de forma fugaz, se fijaron en los suyos desde el otro lado de la mesa. Quería volver a mirarla, pero no se atrevía. Un deseo palpitante le desgarraba. Esos ojos verdes. Esa sonrisa pintada de rojo. Ese pelo desordenado que parecía no tener fin. Desde que la conoció, no se la quitaba de la cabeza. Siempre encontraba la forma de aparecer en sus rutinas, sin ser llamada.

Fernando no era un chico tímido. Tampoco muy lanzado. Pero debido a sus anteriores experiencias, ya no se iba por las ramas. Aunque con ella era diferente. Tenía miedo. Era tan callada, tan ajena a su alrededor. Una extraña. Un misterio. Algo que no quería ser descubierto. Pero su sonrisa... Esa sonrisa era maravillosamente melódica. Fernando recordaba el primer día que la vio. Pensó que era demasiado peculiar, un ser tranquilo pero caótico. Le pareció que era una persona rara. Hasta se incomodó al verla. Pero en un segundo, sus labios se transformaron en un abismo atrayente de locura y buenaventura. «Una sonrisa espléndida», pensó. ¿Cómo era posible que algo tan rutinario tuviera la capacidad de deslumbrar? Y, en un suspiro, notó su radiante presencia, esa aura frenética que lo dejó ciego y con ganas de más.

Pero, de algún modo, no tenía agallas. Intentó acercarse a ella alguna vez, pero ella siempre mantenía las distancias. En un mundo interior tan impenetrable, como inalcanzable, como confinada en un muro sin puerta. Ella, que tenía tanto que ofrecer y tan poca estima. Lo notó desde el principio. En la imperfección de sus iris, podía percibir que estaba rota.

Tampoco perdió la cabeza por ella. Sí que era cierto que muchas veces la observaba desde lejos con la intención de ser visto, pero nunca se dio tal caso. Ella estaba absorta, siempre. Así que Fernando, al ver que no era correspondido, no quiso perder más el tiempo y la apartó de sus deseos, a pesar de no ser del todo posible.

Conoció a otra chica, diferente a ella, aunque deslumbrante también. No se parecían en nada. Una tan reservada, la otra exteriorizando sus verdades a todas horas. Fernando sintió un flechazo por esta nueva chica al instante. No eran pocos los que la buscaban. Ni pocas. Fernando se sumó a la lista de pretendientes y, a su estilo, intentó seducirla. Con éxito, pues ella al parecer también se había fijado en él. Empezaron una relación de esas que no guardan etiquetas. Solo se juntaban con pretextos indefinidos, pero con una finalidad única, la de compartirse. Y poco a poco, iban volviéndose más aferrados el uno al otro.

Una noche, Fernando se juntó con sus amigos. Se trajo a su novia, su pareja, su aún no calificada mitad. Sabía que entre sus amigos iba a estar ella, pero cuando la vio, le aumentaron las ganas de estar allí. ¿Cómo se podía estar tan encaprichado de una sonrisa? ¿Era posible que ella se la mostrara con tanta asiduidad por gusto a atormentarlo? La miró, demasiado, demasiado poco. Ella lo notó y a él le satisfizo la idea. Fernando miró a su novia; apenas notaba traición en sus actos. No es que hubiera tampoco certeza en ellos.

Fernando siguió a sus amigos por las calles ya deshabitadas de Barcelona. Entraron en un bar, luego a otro, y así hasta llegar a una sala escondida debajo de unas escaleras que parecía rebosar sudor y alcohol. Fernando se pidió su quinta bebida; su novia, la sexta. Y empezaron a bailar.

Ella bailaba sola. Inmersa. Feliz. En otra dimensión alterna. Fernando se quedó hipnotizado por ese movimiento curvo e ilimitado, perfectamente sincronizado. Su novia, mientras tanto, buscaba el calor de sus labios. Fernando quiso complacerla, pero entonces vio como ella se alejaba y no pudo hacer otra cosa que apartarse, excusarse y desaparecer tras ella.

La vio en la cola del baño, escondiendo en la mano un secreto. «¿Quieres?», le susurró al ver que Fernando la miraba descolocado. Asintió. Ella se metió el dedo índice en la boca, luego en una bolsita pequeña blanca y, finalmente, se acercó a la boca de Fernando. El sabor a lejía inundó sus papilas. Pero a pesar de ese sabor amargo, Fernando explotó en un instante al notar esos ojos verdes como filamentos en sus pupilas. Ella apartó lentamente la mano de su boca y le acarició la mejilla. Luego se aproximó y abrazó sus labios. Un instante. Un presente paralizado. Un desconectar de una realidad demasiado terrenal. Ella se apartó, le limpió el carmín y entró en el baño de chicas. Él, a su vez, atónito pero eufórico, entró en el baño de chicos para mirarse en el espejo. Intentó limpiarse el pintalabios, esa mierda no se quitaba con nada. Un mensaje de su novia lo alteró. «Hemos ido a la sala de al lado, te esperamos dentro». Fernando no pudo más que alegrarse.

Cuando su reflejo empezó a aburrirle, salió para esperarla en la cola de los baños. Pasaron varios minutos y Fernando temió que ella se hubiera marchado también. Pero entonces la vio, con esa sonrisa infernal que lo tentaba. Un rojo infinito que no quería marcharse nunca. Y Fernando, al desborde por su culpa.

Fernando la avisó de que sus amigos se habían ido y ella solo lo arrastró a la pista para seguir bailando. Qué delirio más dulce el de tenerla atrapada en sus brazos. Y ella atrapándolo con los suyos. Sintió que las horas se reducían a segundos. Y el éxtasis. La felicidad de no sentir dudas o miedos o preocupaciones. Una gloria expandible. Vistiendo sus extremidades y las de ella. Uniendo la vitalidad de sus dos seres. Inacabados, pero completos al juntarse. Sintió que era extraño poseerla por fin, a pesar de ser una posesión libre y desatada. Pero ese ser correspondido, el resolver una duda, el poder descifrar el misterio lo llenaban de satisfacción y euforia. Era tan hermosa que su corazón podía estallar allí mismo si ella se lo pedía.

Las luces se encendieron y Fernando sintió que despertaba de un sueño. Ella escondía su rostro entre sus manos, como avergonzada. Él se las apartó. No permitía que le privara de mirarla. Ella entonces, con un fin inexplicable, lo devoró con sus ojos. Pero no con hambre, sino con una manera de contemplar que Fernando no había visto antes. Era como si sus retinas no quisieran perder detalle. Se sintió desnudo ante ella, como si su alma no pudiera esconder nada, ni a ella ni a su mirada de esmeralda.

«Vamos», dijo mientras lo agarraba por la mano. Fernando, que parecía vivir en un delirio, no hizo otra cosa que la de dejarse arrastrar. «Por fin», pensaba. Por fin.

Una vez en la calle, ella lo abrazó y le pregunto qué le apetecía hacer. Fernando no supo qué contestar. Aunque sabía que la respuesta no era importante.

—¿Qué hora es? —preguntó ella.

—Las seis y media —contestó él.

—Quiero ver la salida del sol.

Y así emprendieron el camino hacia lo más alto de la ciudad. Esas escaleras petrificadas de Montjuïc. Esa monumentalidad. Y ellos dos, seres insignificantes, establecidos en el pretexto de amarse. Sentados, el uno al lado del otro, viendo un amanecer monótono. Era extraño contemplar una escena que tantas veces habían visto, pero la cual, dependiendo del instante en el que se encontraban, podía llegar a transmitir tantos sentimientos distintos.

De camino, cogieron algo para comer. Y una vez sentados en las escaleras, viendo de fondo los horizontes sin fin de Barcelona, vieron como el cielo clareaba lentamente. Fernando, impulsado por un silencio que no quería que les estorbara, habló y habló. Ella lo escuchaba, con esa mirada de antes. Y Fernando, con una vulnerabilidad ilícita, se sintió atado a esos ojos.

Ella, después, se atrevió a contar su pasado.

—Cuando era niña, mi padre me traía aquí. Él trabajaba como conserje en el museo. Mi madre no podía cuidarme por las mañanas porque tenía turno en el hospital, así que mi padre se encargaba de mí cuando no había colegio. Madrugábamos, él compraba algo para desayunar y nos sentábamos aquí a ver cómo Barcelona despertaba. Luego él empezaba a trabajar y yo me quedaba en una de las salitas a dibujar, dormir o perder el tiempo. A veces me dejaba pasear por el museo, cuando no había gente. Los cuadros transmiten de forma distinta cuando nadie los mira. Tienen otra forma de expresar.

Fernando sintió un vacío erizador en su pecho. Pero no era un sentimiento triste, era un sentimiento de paz, un no sentir nada. Puede que fuera por el alcohol o la droga, pero se sentía ajeno a su cuerpo. Si cerraba los ojos, podía concentrarse en su voz, que de algún modo se había convertido en su sustento.

Era extraño, pero Fernando sentía que esa dulce melodía que le salía de sus labios podía llegar a ser su alimento eternamente. La besó, absorto en su pasado, como queriendo formar parte de esa memoria que solo ella podía recordar. Intentando adentrarse en ella. Podía imaginarla desde lejos. Una niña pequeña y su padre, a punto de comerse el mundo. Como ahora lo estaban ellos dos.

Poco después, cuando empezaron a ser más concurridas las horas, se alejaron a un lugar mucho más tranquilo, un banco escondido en la vegetación. Fernando se estiró y aposentó su cabeza en su regazo. Ella le tocaba el pelo. Ahora no hablaban. Ese silencio que antes asustaba a Fernando ahora le parecía deliciosamente etéreo. Tenía frío, pero no le importaba.

—Dios, eres tan perfecto que da rabia —dijo ella cortando el silencio.

Fernando abrió los ojos. Esa sonrisa otra vez. Plácida y electrizante. ¿Es que ella había sentido por él lo que tanto tiempo deseó que sintiera? Estaba abrumado por la satisfacción de sentirse bello y especial. ¿Cómo era posible que no hubiera notado en ella esa afinidad a su ser que pedía desesperado cada noche? ¿Era posible? ¿Era posible que ella también lo amara? Y Fernando, que dudaba de sí mismo a todas horas, ahora se sentía un ente perfecto, porque así ella lo creía.

Las horas empezaron a alargarse y el sueño a inundarles las pestañas. Con recelo, decidieron acabar su aventura e irse para sus respectivas casas.

Una vez finalizado su camino, en ese preciso momento en el que debían separarse, ella lo besó. Quizá por última vez.

—No tienes por qué contárselo si no quieres.

—¿No quieres que se lo cuente?

—A mí no me importa, es que no quiero que sientas presión por mi parte.

—Eres demasiado buena.

Ella rio.

—No, es que tengo miedo.

—¿De ella?

—De ti.

Fernando también sonrió.

—Verás, Fernando, me gustas, pero conmigo las cosas no suelen durar mucho.

Y al ver que la sonrisa de Fernando desaparecía, ella lo abrazó. Luego se acercó a su oído y le susurró:

—Recuérdame cuando el sol te vista de amanecer.

Le regaló una de sus brillantes sonrisas y se marchó.

Fernando atisbó en sus ideas un delirio de amargura con sabor a dulce. Una felicidad que no acaba de cuajar. Un capricho satisfecho, pero que le dejó con ganas de más. Un deseo alcanzado pero inacabado.

Y entonces lo entendió. Entendió por qué ahora ella dejaba mostrar sus sentimientos hacia él. Por qué, después de tanto tiempo, lograba complacer sus deseos. Ahora Fernando tenía pareja y, de algún modo, estaba atado, lo que significaba que ella no tenía por qué estarlo. Supuso que los encuentros casuales eran más atractivos que abrirse a alguien nuevo y mostrarse transparente del todo. Era cierto que tenía miedo, pero no de él, sino de sí misma.

Fernando comprendió que de nada servía agobiarla. Si el tiempo quería que estuviesen juntos, los volvería a juntar otra vez. Y si ella también lo quería, entonces Fernando estaba dispuesto a esperar.

La volvió a ver un par de veces, en reuniones y alguna fiesta, con su novia ahora ya formalizada, con la cual ya lleva dos años. Nunca le ha vuelto a ser infiel, pero jamás se lo contó. Sentía que ese secreto compartido los unía como cómplices. Algo que solo era suyo y de ella. Algo en común y perfectamente sincero. No hablaron más del tema, no se juntaron nunca más. Ella hizo su vida y él la suya también. Pero ¿quién sabe? La vida tiene un modo peculiar de devolvernos lo que ansiamos.

Berta

Berta se quedó dormida bajo la tutela de esa noche fría. Su aliento, tranquilizado por la comodidad de quien se encuentra a salvo, reflectaba en el cristal que tenía delante su ansia de vida. Y a su vez, la arrebataba por miedo a demorarse demasiado tiempo fuera de su cuerpo, queriendo volver a ella una y otra vez, en un ciclo constante de huida y retorno.

La historia que llevó a Berta a encontrarse en esa casa, en medio de aquella angustia y despreocupación que se filtraba entre los nogales que la rodeaban, era demasiado banal para ser contada. Impulsada por las mismas inquietudes y pericias que acompañan a cualquiera, no había nada de especial en ella. Y, aun así, la sentía tan distinta y suya.

Berta, que nunca optó por la soledad y que necesitaba de constante atención por parte de sus semejantes, ahora sumida en un estupor que la había llevado a cuestionarse cualquier papel interpretado anteriormente, se hallaba en esa incertidumbre que siempre sacude al principio de un cambio. Aferrada a un miedo que, de algún modo, también es felicidad.

Y mientras el negror de la noche se iluminaba por luz blanca de luna llena —sol tímido que escondía a través de ella una parte de sí mismo—, Berta se dejó arrebatar esas pequeñas partes de su subconsciente ya olvidadas, para poder revivirlas en la inestabilidad que irrumpe en un sueño profundo y fugaz.

Soñaba, a pesar de no poder recordarlo, con esa margarita blanca que de pequeña encontró, una mañana, en la áspera vegetación del patio de su vecino. Capaz de sobrevivir en medio de la desolación y la fealdad, la flor se mostraba dulce y bella.

Berta deseaba apoderarse de esa superioridad tan atrayente. Así que la arrancó. Pero cuando quiso darse cuenta, se había olvidado la flor en el asiento del autobús, ya marchita.

Berta volvió a esa flor con la esperanza de poder disculparse. Es difícil definir qué sentimiento la llevó hasta esa culpabilidad tan repentina y pasada. ¿Era pena lo que sentía por arrancarla sin consentimiento o los celos la incitaron a hacerlo? Y, quizás, ella, que siempre se creyó un ente perfecto y sin defectos, no asumía que, aunque solo fuera un poco, era posible que Berta envidiara la facilidad que tenía esa flor por mostrarse tal y como era.

Un recuerdo tan alejado del presente que apenas tuvo algún efecto en Berta cuando se despertó. Miró por la ventana, la cual sirvió de almohada la noche anterior. No era capaz de ver la frialdad del paisaje en el que se encontraba, quebrante e irritante, mientras una lágrima se asomaba por el espejo que sus debilidades reflejaban cada mañana por sus ojos. Se sentía sola. Sola y vacía.

¡Qué ajena se podía sentir a su propia piel! Desterrada de sus propios huesos. Grabada en algo menos veraz como lo eran sus propias venas, que se propagaban a lo largo de su existencia como raíces. Infinitamente viva, pero fuera de sí.

¿Había realidad en esas desilusiones que permitieron a Berta acobardarse y huir? ¿Podía permitirse habitar en esa pequeña casa que claustrofóbicamente encerraba cada uno de sus temores? Y aún con la cobardía que se clavaba entre las yemas de sus dedos, Berta podía atisbar en su semblante algo parecido al valor.

No había esa voz histérica y paciente que asomaba cada segundo para encogerla. De algún modo, dejó de oírla al irse a vivir allí. Más bien, sí que la oía, pero no la escuchaba.

Berta sonrió en un tiempo lejano y perezoso. Como si una alucinación llevada por las febriles controversias que hasta entonces solo vivían guardadas bajo llave la dejaran respirar por fin con ese aire novedoso que es la calma. Una adultez repentina que se deja acompañar por rabietas infantiles.

Berta, encerrada entre las murallas de sus propios sarcasmos, se entregó a la bondad de sus pensamientos más tiernos. Y, a pesar de sentirse débil o vulnerable, se dejó abrazar por ellos.

Qué difícil fue reconocerse, aun cuando el sueño reclamaba sus pestañas.

Sofía

Sara miraba la puerta de la sala de espera con el miedo intuitivo de un terror venidero. Sabía que detrás de esa puerta se escondían todos los temores que llevaba años evitando. Aunque fueron esos mismos miedos quienes la habían llevado hasta allí, atraídos por la superación y la adrenalina.

Asumió cualquier riesgo de quedar en ridículo y eliminó cualquier crítica interna al compararse con las demás chicas que también esperaban sentadas. Ninguna hablaba. Solo se miraban con recelo, procurando crecer su propia autoestima a través de los defectos de las otras. Sin ellos, los propios se hacían martirios. Cruel vida la del actor. Pero Sara no prestaba atención a sus contrincantes, solo a sus manos temblorosas y a esa puerta que parecía la entrada del mismísimo infierno.

Se aferró a recordar sus frases mentalmente y a su reflejo mientras ensayaba. Nunca convencida del todo, los últimos ensayos le parecieron magníficos. Y, sin embargo, ahora cualquier intento de convicción le parecía un fracaso.

De algún modo, el papel que iba a interpretar rascaba con persistencia el final de su memoria, aquella que se guarda porque no se quiere recordar. Sara no le dio demasiada importancia, pero notaba que había algo peculiar en ese personaje, algo oscuro y macabro que Sara nunca pensó tener. Ahora que lo conocía, no le parecía tan extraño. Intentó apartar esos pensamientos. Al fin y al cabo, el miedo a la decepción era mucho más fuerte que el terror que podía tener Sara de sí misma.

Así fue como su nombre resonó por toda la sala, más, se quedó grabado en su cabeza. Este le persiguió con dureza hasta llegar a la puerta, encogiendo su corazón con mano firme. Sara buscó el pomo con la vaga idea de nunca tocarlo, pues nadie reprocharía su huida. Salvo por sus propios reproches, que pocas veces la dejaban en paz. Pero entró. Entró con la misma sonrisa que surge cuando uno se ve arrastrado en el juego de la seducción.

Se adentró en la pequeña sala e investigó con la mirada quiénes iban a ser sus jueces. Sin embargo, los ojos de los observadores vivían cansados de tanto observar, acechando en cualquier momento, pues cada chica que entraba era su presa y no querían perder detalle. Querían algo auténtico, Sara lo notaba. Y se convenció a sí misma de que sentiría cada palabra y cada gesto.

—Me presento para el papel de Sofía.

—Adelante —dijo la mujer del medio. Su voz era amarga y áspera, viles consecuencias de una vida experimentada en ser lo que no se es y agradar a quien no te agrada.

Sara se colocó en el centro, marcado por una pequeña cruz blanca. Los focos alumbraron su pálido rostro y Sara sintió la gloria y el miedo de quienes van a ser juzgados por luz divina. Por unos instantes, esa luz captivó toda su atención y la cegó con su blancura. La inocencia decidió aposentarse en sus pupilas durante varios segundos después, limitando su visión en un acto de ironía.

Sara solo tardó dos milésimas de segundo en hablar, demorando hasta lo más correcto esa inacabable espera. «Respira. Respira. Respira».

—Yo la maté. Fui yo quien arrebató su último y asqueroso aliento. Cubrí con… con mis manos… su… su… su sangre…

No pudo continuar. Su mente dejó en blanco semanas y semanas de preparación. La dejó a su suerte delante de varios ojos perplejos y para nada sorprendidos. Ella buscó con desesperación entre los recuerdos algo a lo que aferrarse, pero no había nada. Nada que pudiera salvarla de ese pozo al que parecía estar cayendo. Y mientras caía, la luz de ese foco se reía a carcajadas.

—Lo siento, yo… no sé qué me pasa —pudo lograr balbucear.

—No pasa nada. Vuelve a empezar —dijo la mujer, pero esta vez, con la voz endulzada y comprensiva—. ¿Por qué no pruebas a olvidar que estás delante de unos extraños y repites el monólogo como si te lo dijeras a ti misma? Olvídate de nosotros.

—Es difícil omitir que estáis aquí —dijo en un suspiro. A lo que la mujer rio con exageración.

—Lo sé, querida. Dime, supongo que tendrás una madre, ¿verdad?

—Sí, señora.

—Bien, ¿y cómo es vuestra relación?

—No muy buena.

—¿Por qué?

—Hace años que no la veo.

—Perfecto. ¿Sientes algún tipo de rencor hacia ella?

—Supongo.

—Pues aprovéchalo. Úsalo para alimentar a tu personaje. Indaga en lo más profundo de tus pesadillas y cúbrete de ese dolor. Vístete con ese dolor. Camina con ese dolor. Ahora es parte de ti. Rememora cada vez que quisiste llorar y gritar y odiar y matar. Aprovéchate de esos instintos animales y conviértete en uno. Tómate el tiempo necesario, pero no vuelvas a hablar hasta que tu voz no sea la de una mujer atormentada.

Sara no quiso recordar. Pero el miedo al fracaso fue mayor que el miedo a encontrarse consigo misma otra vez. Sus recuerdos se abalanzaron sobre ella con falta de compasión y la llevaron a la locura de quien se encuentra atrapado y sin salida.

El aire le faltaba, los pulmones le fallaban. Y empezó a sentir que el único alivio eran esas palabras. La única forma de escape. Sofía, sin embargo, no la iba a dejar en paz.

—Yo la maté. Fui yo quien arrebató su último y asqueroso aliento. Cubrí mis manos con su sangre. Estas ya no me pertenecen. Ni siquiera las reconozco. Pero no fue en vano mi acto, no fueron la rebeldía o la venganza mis incitadores demoníacos. Me llevaron a cometer actos impunes, pero no esta vez. Esta vez fue la justicia quien agarró el chuchillo y lo clavó insaciable sobre su pervertido pecho.

»Sellé todas las cuentas pendientes que nunca me atreví a mencionar. Por miedo, pues ella las mantenía a flote con su sonrisa malvada y su mirada manipuladora. Ella era la culpable de todas mis desgracias. Ella fundía mis inseguridades, día a día, para enriquecerse con mis pocas virtudes y hacerlas suyas. Aprovechó mi falta de autoestima y la subyugó para sus propios beneficios. Dime, ¿qué debía hacer? ¿Qué debía hacer si era ella quien arremetía contra mí todos sus caprichos? Sus palabras fueron peores que cualquier bala perdida en un callejón sin salida.

»Ella burlaba mis aficiones. Ella se mofaba de la persona que quería ser y de la persona que era. Me insultaba con la elegancia de quien te apuñala por la espalda. Hacía de mí sus bromas y me usaba como entretenimiento para ella y sus amigos. Fueron todos ellos quienes me convirtieron en el despojo que soy ahora. Mi pelo se cayó, mi piel se volvió grasienta y mi cuerpo decidió ceder a las críticas. Todo lo que fui se maldijo por esa arpía.

»Ella robó mi belleza. Por celos. Por ser más joven y risueña. Por ser hija de quien amaba. Por robarle el amor que tanto ansiaba. ¿No comprendía que eran amores distintos? Pero no, ella debía ser la única, debía poseerlo solo para su propio egocentrismo. Su ego necesitaba alimentarse con propiedades excéntricas y ropa cara. Y yo solo acometía en sus propósitos.

»Al principio soporté su carácter, pues nunca creí que fuera capaz de ensuciarme por dentro tan fácilmente. Pero el rencor… Oh, pobre rencor, que crece como la mala hierba y nunca muere. Se hizo grande y grande y grande, y me dejó sin nada más que odio y venganza.

»Sé que ella pensaba que cualquier maldad que cometiera jamás repercutiría en forma de consecuencias. Porque siempre se salía con la suya. ¡Siempre te sales con la tuya, ¿verdad?! ¿Crees que ahora vas a salirte con la tuya? Pobre, pobre mujer. Te estás volviendo vieja y fea. Quizá no por fuera, pero por dentro estás podrida. ¿Cómo era esa canción que tanto te gustaba cantarme? Ah, sí…

Un elefantito camina por el bosque,
ve una arañita y rápido se esconde.
«¿Qué teme un elefante tan grande como tú
de una arañita tan pequeña como yo?».
A lo que el elefante contesta:
«Arañita eres pequeña, pero tu veneno no».

»«Tú eres ese elefantito», me decías, «un feo y gordo elefantito». Pero este elefantito no tiene miedo a las arañas. ¿Sabes por qué? Porque el puto elefante se ha dado cuenta de que con una sola pisada puede acabar con la diminuta y pérfida arañita. ¿Y sabes qué les hacemos a las arañas en esta casa? Las fumigamos.

Los aplausos la hicieron volver a esa distante realidad. Le tomó unos segundos recordar dónde estaba y qué estaba haciendo. La rabia que emanaba por su lengua había dejado un gusto extraño en la boca. Tuvo que contenerse. Había olvidado su nombre.

—Es la mejor Sofía que he visto en días. No dudes que te llamaremos.

Pero Sofía no quería ser llamada. Solo quería venganza. La locura se aposentó en su cabeza, dispuesta a quedarse mucho tiempo. Todo lo que la rodeaba carecía de importancia. Sabía perfectamente dónde debía ir. Su corazón, eufórico por la decisión tomada, marcaba el tempo con una alegre melodía. Más bien, ajetreada.

—Mamá, ¿estás ahí?

—¿Sara?

—No —dijo con ojos de serpiente—, Sofía.

Rita

Esta es la visión de Rita. Cualquier similitud con la realidad puede estar deformada por su propia percepción de ella. No se puede asegurar la completa veracidad de dicha versión, pues nadie puede contrastar que los hechos relatados sean verídicos o no. A los ojos de Rita, así fueron.

Con esta introducción, no se busca malmeter la estabilidad mental de Rita, solo advertir.

Rita sintió la presencia de que algo la acechaba un martes por la noche. Rita no pudo describir quién o qué era, pero decidió anotar qué sentía para, en un futuro, ser capaz de identificar dicho mal que tanto la asustaba.

Esto es lo que escribió.

Por favor, intenten usar un razonamiento lógico mientras lo leen. La distorsión de la realidad puede corromper hasta la mente más sana.

Es de noche. Lo sé porque estoy a oscuras. No hay luz. Puede que algo se filtre de la calle. Algún ruido quizás. Pero sé que es de noche. Estoy en un completo negror. No veo mis manos. La luz suele filtrarse por la ventana, ¿verdad? Tiene que ser de noche.

Hay algo ahí fuera. Puedo notarlo. Me acecha. ¿Qué quiere? Quiere entrar, pero la puerta está cerrada. Me habla, pero no lo escucho. Hago lo posible para no escucharlo. Es de noche.

Tengo frío. Me gusta. Decido destaparme de la sábana. Notar cómo el invierno se agranda ante mi cuerpo me hace sentir. Cualquier cosa, pero siento.

¿Sigue ahí? Hace un momento estaba en la cama. ¿Dónde estoy ahora? Es de noche. Seguro que es de noche.

Quiere entrar, pero no le dejo. Mi cabeza repica contra el cabezal de mi cama. No siento dolor. Un espinazo, una caricia. ¿Cuál es la diferencia?

Creo que estoy asustada. Cuando ella me habla siento miedo. Intento no escucharla. No es que hable más fuerte cuando la ignoro, es que no para.

Hay algo en mi cuerpo que no es mío. ¿Será mi pelo? Es distinto. Sí, creo que es mi pelo. Mis dedos me buscan. No me veo, está muy oscuro. Tiene que ser de noche.

Hay algo que se esconde encima de mi cabeza. Está en el techo, en las paredes. No lo logro ver. Está muy oscuro.

¿Está la puerta cerrada? Intuyo que sí. Nunca la abro. Pocas veces. Nunca. Alguna vez.

Tiene que estar cerca. Lo noto, lo noto, lo noto. Dile que se aleje. No puede entrar aquí. No quiero que entre. Dile que se vaya.

No me oye. Quizás porque se enfadó conmigo. Será porque no quiero escucharla ni dejarla entrar. Quiero que se vaya. Está todo muy oscuro.

Visiono el cajón de debajo de mi cama, a pesar de no ver nada. Presiento que quiere que lo abra. Ya nos conocemos. No voy a abrirlo. Hoy no. Insiste. Insiste otra vez. Pero me niego.

Noto su presencia detrás de la puerta. Nunca pica. No me está pidiendo permiso para entrar. Solo quiere que sepa que está ahí. Detrás de la puerta. ¿Estará cerrada? Intuyo que sí.

Noto cansancio. Mi cuerpo lleva demasiadas horas encerrado. Dos, cinco, ocho, veinte. ¿Quién las cuenta? Ella. Detrás de la puerta hay un reloj. Seguro que las cuenta.

¿Por qué no tendré yo uno en mi habitación? No me hace falta. Los minutos no pasan aquí dentro. Lo sé porque no tengo manera de averiguar si es de noche. Solo lo intuyo.

Las paredes tienen nombres. No sé cómo se llaman. Ellas sí que me conocen. ¿Soy muy desconsiderada por no haberme aprendido los suyos todavía? Ahora es muy tarde para preguntar. Me da vergüenza.

Hay una caja debajo de mi cama. Lo sé. Sé que existe. No la voy a abrir. No insistas.

Hay una caja de color rosado debajo de mi cama. Para. No voy a abrirla.

Hay una caja de color rosado con un secreto debajo de mi cama. No.

Hay una caja de color rosado con un secreto y ese secreto…

No la abro. No la abro porque hace tiempo que no lo hago. Sé que está ahí, pero no la abro. No sé por qué no me deshago de ella. Debería hacerlo. ¿Debería? Pero ahí sigue porque supongo que si la tiro perderé algo que formó parte de mí hace tiempo y, si pierdo esa parte de mí, no sé qué va a quedar que yo conozca. Nunca antes me había planteado deshacerme de ella. ¿Debería?

Alguien llama. No puede ser ella porque nunca llama, solo se hace presente. ¿Quién será? Es muy tarde para llamar. No voy a abrir. ¿Quién coño se cree que es llamándome por la noche? No voy a abrir. Que vengan por la mañana.

Hace tiempo que no veo una mañana. ¿Cómo era el sol? ¿Sentía frío cuando me acariciaba? No lo recuerdo. Hace mucho tiempo ya que no lo veo. ¿Era simpático? Tenía que serlo. Todos hablan muy bien de él. ¿Por qué lo he olvidado? No quiero olvidarlo. ¿Cómo hago para que vuelva? ¿Estará esperándome detrás de la ventana? No puede ser, es de noche.

No siento mi cuerpo. No lo veo. ¿Alguna vez existió?

No voy a abrirte. Sal. No puedo abrirte. No quiero abrirte. No debo abrirte. Sé qué va a pasar si lo hago.

Ya me siento un poco más esclava ahora que me acechas. Tengo miedo. No quiero admitirlo, pero odio quién soy debido a ti. No te culpo. Bueno, un poco. La verdad es que te culpo constantemente. Yo no era así. No solía serlo. Creo. Lo he olvidado.

¿Cuál es mi nombre? ¿Cómo solían llamarme? Las paredes deben de saberlo. Me conocen. ¿Verdad? Puede que ahora me ignoren. Odio en lo que me he convertido. Lo odio.

Es de noche y hace frío. Creo que nunca se va a ir. No noto mi cuerpo, pero algo me presiona contra el colchón. ¿Me estaré fundiendo con él? ¿Es por eso que no me siento? Ya no es mío. ¿Nunca más?

Mi carne se vuelve metálica, de plumas, volátil. No soy yo. Creo. No me veo, no puedo verme. Está muy oscuro.

¿Dónde estará la luz? Si la abro, ¿desapareceré? Hace tanto tiempo que es de noche que tengo miedo de haberme convertido en oscuridad también. Si ya no veo mi cuerpo, mis manos, mis hombros, mi cuello, mi pelo… No, mi pelo no, mi pelo ya no es mío…

Si ya no me veo, ¿qué posibilidades hay de verme cuando haya luz en la habitación?

No hay aire. Hace tiempo que se ha solidificado. Nos hemos enemistado con los años. No le gusta que lo respire. Por eso siempre me evita. Yo lloro porque lo necesito y le imploro que vuelva. No me escucha. Ahora ya no quiere pertenecer a mi organismo. No le culpo, solo a veces.

Oigo el rasgar de la madera. ¿La puerta es de madera? ¿Mis huesos lo son?

Quiero parar. Quiero parar porque me asusta. Es demasiado. Demasiado oscuro. Es de noche, tiene que serlo.

A lo mejor la luna me espera detrás de las persianas. Sé que lo hace, la noto. Algo de claridad no me vendría mal. Y no sería esa luz artificial que mi habitación esconde, la que me da miedo encender por si desaparezco al hacerlo. La luz de la luna no es luz real, es tenue y tierna. Es muy similar a la oscuridad, porque lleva vistiéndose con ella más de lo que yo pueda recordar.

¿Tengo ventana? Y si es así, ¿tendrá persianas? Seguro que la luna me espera paciente detrás.

No quiero precipitarme, tengo miedo. Voy lenta. Aquí los minutos no pasan.

Le canto, quiero que me oiga. Mi voz apenas se confunde con un suspiro, pero quiero regalársela.

> *Ay, mi luna marchita,*
> *vísteme de alquitrán*
> *que la noche despinta*
> *y no te sabe callar.*

Sé que es de noche. Estoy ramificada. Enganchada. Amarrada. No hay salida. No hay solución.

Es de noche. Tiene que serlo.

La puerta no se abre. Se mantiene cerrada. No estoy segura porque no la veo. Pero lo intuyo.

Decido entreabrir las persianas. Mis pupilas se secan. Me estaba esperando.

Sí, es de noche.

Jaime

Jaime no está. Una rubia de pechos firmes duerme a su lado de la cama. Se ha despertado por el ronroneo del gato, que, confundiéndola con su amo, ha gastado parte de su saliva en un llamamiento de atención. Esta, que nunca fue una gran amante de los felinos, se ha apresurado en ahuyentarlo con ruiditos extraños y manotadas en el aire. El gato, confuso, ha salido huyendo no sin antes soltar un maullido de desaprobación.

Aún con los ojos cerrados, la chica siente que la cabeza va a explotarle en cualquier momento y se pregunta si alguna vez hará caso de su propósito de solo tomar un par de copas. Estirada en la cama y sin apenas recordar lo sucedido anoche, mira hacia la puerta entreabierta de la habitación. No logra ver mucho, mas distingue un pasillo muy largo que da a una puerta. No se pregunta qué hay allí, no le importa. Ahora mismo, su única preocupación es encontrar un buen vaso de agua y una pastilla reparadora. Pero siente tan débil su cuerpo y tan cansada su mente que aposenta la mirada en la puerta del pasillo y se vuelve a dormir.

De repente, un sonido ajeno a su alrededor despierta a la chica de su sueño ligero. A pesar de no ver nada, siente que se apodera de ella un extraño abismo de paranoia. Se queda quieta por un segundo, llevada por los pensamientos más oscuros y el sueño aún cubriendo sus pestañas. El sonido se detiene, mientras la chica experimenta esa vívida sensación de que la puerta del final del pasillo va a abrirse en cualquier momento. Pero nada ocurre. Ella sigue inmóvil en la cama, ahora llevada por un miedo indeciso e infantil. Se llama estúpida. Probablemente sea Jaime. Se levanta lentamente, aún acobardada por la remota posibilidad de la incertidumbre. Siente frío. Está desnuda. Rápidamente busca entre la ropa del suelo su camisa a rayas y sus bragas rojas. Y se viste apresurada.

Segundos antes de salir por la puerta de la habitación, se autoconvence de que su imaginación siempre ha sido muy grande y que debe comportarse como una persona adulta. Sin más dilaciones sale al exterior con más valentía de la que tiene, para encontrarse con un salón vacío y, más concretamente, con una casa vacía. Llama un par de veces a Jaime; este parece no estar. Busca varias razones para explicar su ausencia, todas poco convincentes y muy alarmantes. Vuelve a repetirse que debe madurar y una explicación más lógica le viene a la mente. Suspira y se tranquiliza. Recorre el pasillo, curiosa, y se detiene delante de la puerta misteriosa. Antes de que la mano llegue al pomo, la paralizan mil ideas simultáneas. Pero la puerta se abre y con ella se encierran todas las ideas locas. Justo lo que buscaba, un lavabo.

Poco después de eliminar de su cuerpo casi todo el alcohol que llevaba encima, vuelve a la habitación en busca de su móvil. Siente una mezcla de ansiedad e irritación al no encontrarlo y decide buscar por otra parte. A la vez, inspecciona con la mirada cada detalle de la casa de su amante pasajero. No hay muchas fotos; de hecho, solo hay una. Una mujer sin expresión y muy hermosa de la mano de un niño igual de inexpresivo. Colgada en medio de la única pared vacía del salón, hace cuestionar a la chica si su gusto por los hombres se ha visto atrofiado con los años. Un portazo interrumpe sus pensamientos. Ella sonríe. Jaime ha vuelto. Y tras la frase «espero que hayas traído algo para desayunar», se queda helada al descubrir que nadie aguarda para recibirla. Vuelve a sentir el inquietante escalofrío y se apoderan de ella los delirios más errantes. Como loca va habitación por habitación con el nombre de Jaime en la boca. Nada. Siente el incómodo miedo del silencio. El de la soledad y la locura.

Con prisa se dirige a la habitación y se acaba de vestir temblando, cuando suena un móvil al otro lado. Se alegra al recordar que la melodía que suena es aquella canción noventera que sus amigas le pusieron de broma. Nunca la quitó, siempre la devolvía al pasado. En la pantalla aparece escrito el nombre de Jaime, y al otro lado del altavoz, su voz clara y simpática.

—Jaime, ¿dónde estás? —dice ella intentando parecer serena—. ¿Cómo que en tu casa? ¡Yo estoy en tu casa!

Su cerebro quiebra por un segundo con las risas acompañadas del «si estuvieras en mi casa lo habría notado, ¿no crees?».

—Me dejaste en casa… —repite.

Cuelga el teléfono y coge sus cosas. Con el corazón a punto de fugarse, corre hacia la puerta de entrada. Pero parece que alguien está metiendo la llave en el cerrojo. Quiere mirar por la mirilla, pero no se atreve. Quiere sostener la puerta, pero no se atreve. Quiere huir, pero no se atreve. Finalmente, a pocos segundos de descubrir de quién es la casa, se decide a volver a la habitación y se esconde detrás de la puerta, que queda entreabierta otra vez. Su respiración acelerada y la sensación de que un vacío aterrador se ha aposentado en su pecho, no aparta la mirada de la puerta. No tanto por no querer, sino por no poder apartarla.

El miedo aterroriza su pensamiento con un ruido blanco que no la deja ni aclararse. Los pasos del extraño se acercan cada vez más. Y más. Y más. Y en un instante, todo se desmorona. La puerta parece moverse, pero de repente se cierra. La chica se abalanza sobre la puerta, ahora desesperanzada y sin importarle qué venga después. Intenta abrirla con todas sus fuerzas, pero no consigue nada. Grita. Grita a todo pulmón y llora. Pero sigue sin haber respuesta. «¿Qué quieres?», repite una y otra vez. Ya por no sentirse sola, se lo repite para ella misma. Se sienta en la cama, atemorizada, y busca opciones. Pero entonces la puerta se abre.

Jaime ha llegado.

Laura

Laura odia el metro. Demasiada gente, piensa. El calor provocado por la multitud se pega en su piel como una fina capa húmeda de la cual no se puede desprender. A su alrededor, miles de historias que jamás llegará a conocer. Tampoco le importa. Nada interesante que pueda llamar su atención. A veces se imagina tramas entre las personas que la rodean. Sonríe. Su imaginación es de lo más compleja. Pero hoy no encuentra protagonista para su drama teatral. Hasta que ve, postrados en ella, los ojos más tristes del vagón. Siente al verlos cómo el mundo se encoje. No aparta la mirada. Nunca la aparta. El don de la seguridad nunca le falló, pues mirarse al espejo jamás fue martirio. Su atractivo no es solo físico. A pesar de las curvas bien definidas, es su forma de comportarse la que hace de ella un trofeo para muchos. Y se aprovecha de ello. No siempre consigue lo que quiere, pero pocas veces se le resiste.

Su mente, encaprichada con el hombre de ojos tristes, maquina un plan. Su posado melancólico hace que su aroma la arrastre hasta él. Ha dejado de mirarla, ahora sus manos tienen toda su atención. Por suerte, quien robaba el asiento de al lado se marcha sin percatarse de lo que él, inconscientemente, está a punto de empezar. Laura ocupa su lugar, veloz y sigilosa. No lo mira. Ya ha jugado anteriormente y sabe cuáles son las piezas que debe usar para ganar. Él se aparta lo máximo que le permite la mujer sentada a su otro lado para hacerle sitio a Laura. «Gracias», responde. El contraste del blanco de sus dientes y el rojo de sus labios triplica la sensualidad de su voz. Pero él no dice nada, solo la mira, al menos cuando ella no se percata. O eso cree. Laura ha estado con muchos tipos como él, tímidos, introvertidos, sensibles. No suelen ser su tipo, pero esta vez va a hacer otra excepción.

Sus manos, que se encuentran a pocos milímetros, sienten eléctrica la presencia la una de la otra, se buscan sin tocarse. Y ambos, con mirada al frente, sienten cómo el deseo corrompe sus cuerpos.

Siguiente parada. Laura se levanta, lo mira y le habla sin palabras. Él comprende lo que quiere. La sigue. La sigue detrás de centenares de personas que van a un mismo sitio, pero a distinto destino. La sigue por los túneles sin vida iluminados por tan solo una luz artificial. La sigue. Y también sigue sus zapatos de tacón negro y su vestido rojo, y su pelo castaño. Y esas piernas largas y morenas que no parecen tener fin. Y esas caderas que bailan y le incitan a unirse. No sabe a dónde la sigue, pero la sigue. Laura sabe perfectamente a dónde va. Y sabe, sin girarse, que él está detrás. Sonríe, otra vez. Su ego aumenta al mismo tiempo que lo hace su capricho.

Salen. La noche se ha apoderado de las calles. Las luces roban la belleza de la noche, pero marcan su camino. Laura las sigue. El repicar de sus tacones se escucha entre los edificios. No hay nadie a su alrededor. Los apartamentos pasan de lujosos a casas y la pendiente ligeramente aumenta. Sin notarlo, ya llevan andados diez minutos y hacia atrás se contempla la magia de esa noche fría que cubre toda la ciudad. «Fantásticas vistas», piensa él. Hace tiempo que no veía algo tan hermoso. Lo dice en alto, sin darse cuenta. Laura lo mira y sonríe. Se encuentra enfrente de lo que él intuye ser su casa. Efectivamente, abre la puerta y le hace pasar.

Laura se quita el abrigo y suavemente le quita también el suyo. Sus brazos son firmes. Lleva puesta una camisa blanca y unos pantalones negros. A Laura le gusta el buen gusto y él parece percatarse. También se da cuenta de que Laura ha visto su anillo en el dedo. Finge no haberlo visto y él se siente aliviado.

—¿Qué te apetece beber? —dice ella.

—¿Tienes vino? —contesta él.

—Todo lo que tú quieras —acaba ella con una mirada tentadora.

Y justo es en aquel momento en el que la noche se detiene y se encuentran acabando dos botellas. La incomodidad paralizadora se desvanece y lo desconocido termina por conocerse. El sol, que no parecía tener que llegar, cubre con su luz cada pequeño rincón de la habitación. Sus cuerpos se juntan otra vez, rebeldes y sin límites. La noche les ha vuelto salvajes, el día les vuelve realistas. Pero Laura se siente conectada. Por primera vez en años, siente que su alma se ha entrelazado con la suya. No se lo dice, pero sabe que él también lo siente.

Él se despide, pero antes de llegar a la puerta, ella lo abraza y le hace prometer que volverán a verse. Es en ese momento en el que Laura ve que en sus ojos aparece un destello de ilusión. Laura se siente satisfecha, más que satisfecha, feliz. Y cuenta las horas hasta que él vuelva a llamarla. Mira el teléfono y suplica que suene. Pero pasan días hasta que este decide acabar con su sufrimiento. Cuando suena, veloz va en su búsqueda. Su voz es tan cálida como la recuerda, pero parece distante. A pesar de ello, conciertan otra cita. Y otra, y otra, y otra. Su casa se vuelve su refugio. Y los amantes deciden mantener en secreto sus encuentros. No parecen cansarse de sus cuerpos, ni de sus pecas, ni de sus marcas. Horas hablando sin fin de sus vidas, de sus sueños. Y encierran su relación a esas cuatro lujosas paredes.

Y sin saber cómo, Laura se enamora. Nunca pidió nada, jamás puso condiciones, pero ahora empezaban a taladrarle la cabeza. Deseaba más, más que todo lo que tenían. Deseaba que sus amigos lo conocieran y también sus familiares. Deseaba gritar a los cuatro vientos el secreto. Deseaba que el futuro fuera a su lado. Él pocas veces mencionó a su mujer, pero nunca hubo indicio de dejarla. A Laura al principio no le importó, sus sentimientos solo eran capricho. A Laura ahora se le antojaba más que ser solo la otra.

Los gritos y las lágrimas inundaron la casa y él con voz quebrada puso fin a su secreto. Sus ojos volvieron a coger ese tono tristón del principio, y ese destello de alegría que Laura incitó ahora desaparece. Laura le suplica que se lo piense. Pasan semanas sin saber de él. Laura se pierde en sus pensamientos y la vuelven descuidada. Siente como toda ella se ha roto en mil añicos y no hay nadie que pueda arreglarla. Solo él. Se encierra en sí misma en aquella habitación en la que se encerró con él.

Hasta que sus lágrimas se secan y sus llantos se detienen. El valor la vuelve feroz y lleva consigo armas de guerra. Se vuelve ruda, como lo fue siempre. Y empieza a investigar. Los encuentra a él y su casa, pues nunca le dio su dirección. Y decidida, sin dudar apenas, lo busca. Pero antes de llegar a su piso se detiene. Ahora siente el miedo al rechazo y al no saber. Respira. Respira. Respira. Suena el timbre. Su propio dedo cobró control. Espera, impaciente e insegura. Quiere huir, lo intenta, pero la puerta se abre.

—¿Sí?

Una mujer morena con los ojos cansados se encuentra esperando al otro lado. Los años parecen haberse marcado en su rostro, años que no debían llegar todavía. Su belleza, escondida en el no cuidarse, parece casi una ilusión. Su mirada se encuentra entre la desesperación y la locura. Toda ella es un despojo de sus propios miedos, frágil, a punto de romperse.

—¿Querías algo? —vuelve a preguntar impaciente.

—Yo… —Laura se queda sin palabras. Toda su valentía ha salido corriendo dejándola a su suerte.

Entonces él aparece de fondo. El desconcierto dibujado con la desaprobación se apodera de sus ojos.

—¿Qué haces aquí? —más que pregunta parece un reproche.

—Ya me iba —consigue pronunciar.

—¿La conoces? —dice su mujer con violencia.

—Cariño…

—Es otra de tus putas, ¿verdad?

Laura se queda helada y nota cómo los pequeños trocitos que había logrado reconstruir, aquellos que la habían llevado hasta allí, vuelven a romperse. Lo mira, buscando respuesta.

—¿Te crees que eres la única? Por la noche se va con otras, pero por la mañana siempre vuelve conmigo. Cielo, no tienes nada que hacer.

Sus palabras llevan consigo odio y jactancia. Estas van acompañadas por una tos seca y brusca que parece debilitarla más de lo que ya está. Él la coge entre sus brazos y la mira.

—Vete, por favor —dice él sin apenas mirarla.

Y antes de cerrar la puerta puede ver como esos ojos tristes llevan también una ternura que no había visto antes. Y mientras la mira y acaricia su cabello le dice: «Estoy aquí».

Laura se queda contemplando esa puerta un buen rato. Sin ánimos para moverse, decide que lo mejor es abandonar esa escena estúpida y dramática que ella misma ha creado. De vuelta a casa, las lágrimas tienen la intención de aparecer, aunque no son capaces de salir a la luz.

Laura se sienta en el mismo sitio en el que se conocieron, pero es difícil concluir si se encuentra en el mismo vagón, dado que todos son iguales. De repente, la historia no le parece tan especial. Y la mirada que robaba su aliento cada vez que se veían ya no es tan mágica. Siempre supuso que era amor lo que escondían sus ojos, hasta que lo ha visto con su mujer. Para él, Laura siempre sería la otra.

Sin darse cuenta, Laura ve que la próxima parada es su destino. Hace tiempo que los ojos tristes han abandonado su fantasía. Y, aun así, la siente tan real.

Ricardo

Ricardo está nervioso. Lleva su mejor camisa y se ha puesto su mejor colonia. Fuera, el frío entela los cristales. Hace años que no coincide con su cita, pero aún recuerda la primera vez que se vieron.

Ricardo era nuevo en la ciudad. Venía de un pueblecito de las afueras para estudiar. La universidad era algo nuevo para él, en su familia los estudios no pasaban de la secundaria. Nunca olvidaría la mirada de su madre, a punto de romperse a llorar, pero llena de alegría, el apretón de manos de su padre y el abrazo a su hermano pequeño. «Estamos orgullosos», dijeron. Él sonrió, cogió sus maletas y empezó una nueva vida fuera del terreno conocido. Una vez allí, Ricardo supo que no sería tarea fácil. No como muchos compañeros, estudiaba y trabajaba a la vez. Y aunque eso le supuso un cansancio fuera de lo recomendado, él nunca dejó vencerse por la desventaja que sufría. El acento fue desapareciendo con los años, pero aún conservaba ciertos matices que lo peculiarizaban. En cuanto a su familia, al principio la visitaba cada dos semanas, pero poco a poco fue olvidando sus raíces. Ahora de vez en cuando vuelve a ver a sus padres, ya gastados por tantos inviernos fríos.

Recuerda los años de la universidad como algo glorioso. Aventuras de juventud, descubrimientos y muchos romances.

Ve entrar a su cita por la puerta de la cafetería y su memoria lo lleva a un viaje en el tiempo improvisado. Claro está que eran otros tiempos y otra cafetería. Y él no era un cliente, sino el camarero.

Ricardo dejó de fregar el suelo por unos instantes al oír abrirse la puerta, impulso que nunca perdió a pesar de los años. Apartó la mirada rápidamente, pero esta, como si tuviera voluntad propia, volvió hacia la pareja que había entrado. Reconocía al chico, estaba en su clase. Sin embargo, a la chica que le acompañaba no la había visto nunca. Era hermosa.

—Ponnos dos batidos de fresa, por favor —dijo el chico mientras se sentaba y sonreía a la chica. Ella le devolvió la sonrisa tímidamente.

—Enseguida —contestó. Dejó la fregona a un lado, se puso bien el pelo y empezó a preparar los batidos.

Ensimismado por la belleza de esa chica, no entendía cómo era posible que pudiera salir con alguien como él. Nunca había hablado con ese chico, pero no le pasó desapercibido. Este no se hacía pasar desapercibido. Era arrogante, egocéntrico y siempre molestaba en clase. Por timidez o cobardía, nunca le dijo nada cuando sus comentarios hacían reír a todo el mundo menos a él y al profesor.

—Aquí tienen —dijo mientras sonreía a la chica.

—Yo te conozco. —Ricardo se giró para mirar al chico—. Tú vas a mi clase, ¿verdad?

—Sí —respondió entrecortado. No se imaginaba que este fuera a reconocerlo.

—Te llamas… —Se tomó un segundo para recordar—. Fernando, ¿no?

—Ricardo.

—¡Eso! —Y picó fuertemente la mano contra la mesa con una gran sonrisa en los labios, a lo que la chica respondió con una risita, hechizada por sus encantos.

Ricardo se llevó un buen susto, al contrario. Se preguntó si eso era lo que buscaban las chicas. «La atracción es algo muy curioso», se decía, «nos atrae todo lo que nos hace daño».

—Les dejaré solos —soltó para romper con esa situación incómoda que se había creado. Notó la mirada de ese chico en su nuca, pero desapareció en el momento en el que la chica volvió a reír excitada.

El local no se llenó mucho esa tarde; así pues, Ricardo no dejó de observarlos anónimamente. Cuando el chico se acercó para pagar, fingió que estaba limpiando las tazas. Este se le quedó mirando sin decir palabra.

—¿Sí? —dijo finalmente Ricardo, simulando que no se había percatado de su presencia.

—La cuenta —contestó con una sonrisa y mirada curiosa.

—Claro. —Y se acercó a la máquina registradora—. Serán 255.

Una vez devuelto el cambio, el chico soltó:

—Nos vemos en clase, Ricardo.

Y deslizó su brazo por los hombros de la chica mientras desaparecían por la puerta. Les siguió con la mirada hasta que su vista no alcanzó a verles más por la calle. No soportaba a ese tipo.

Su cita lo busca con la mirada y Ricardo se levanta de la silla para llamar su atención. Ambos sonríen. Han pasado muchos años.

En clase, esa chica de la cafetería volvió a sus pensamientos por casualidad. Luego recordaba a ese zoquete que la acompañaba y su rabia le invadía. Él tenía muchísimas más cosas que ofrecer a esa chica que ese estúpido.

Por desgracia, ese recuerdo volvió a aparecer, una y otra vez, a lo largo de los días. Y sin saber nada de ella, sentía que esa chica le había marcado. Si tan solo pudiera volver a verla.

—Te veo genial —dice Ricardo cohibido, pero feliz por el encuentro.

—¿Cuántos años han pasado ya?

—Demasiados. —Se ríen—. Me alegró ver que aún no me habías olvidado.

Y antes de poder recibir respuesta, una camarera les interrumpe.

Un día, como si el universo hubiera querido dar una oportunidad a Ricardo, la chica apareció sentada en un banco del parque que había enfrente de la facultad. No lo dudó ni un segundo. Se acercó casi por impulso y cuando vio que la chica se fijaba en él, se arrepintió de sus acciones al momento.

—Hola —dijo a punto de tartamudear.

—Hola. —La chica sonrió amablemente—. ¿Te conozco?

—Sí, bueno, no. Viniste un día a la cafetería donde trabajo.

—¿De veras? ¿Y qué cafetería es esa? —preguntó intrigada pero divertida.

—Está en el centro. Se llama Dorado. Ibas con un chico.

—Oh, sí. Ya recuerdo. ¿Por qué no te sientas?

—Claro —contestó intentando reprimir su entusiasmo.

—¿Estudias aquí?

—Sí, quiero ser profesor.

—¿Y por qué estudias Derecho? —dijo curiosa.

—Quiero ser un profesor que se rija por las leyes.

Ella se rio. Ricardo sonrió a su vez.

—Y tú, ¿también estudias aquí? No te he visto antes.

—No, yo estoy esperando a alguien. —Y se apartó un mechón de la cara.

—Vaya hombre, ¡Ricardo!

Este se giró rápidamente. Era ese chico otra vez. Cómo no.

—¿Qué es de tu vida?

Ricardo no se había dado cuenta de lo mucho que había echado de menos su voz cálida y sus manos hasta que se han vuelto a ver.

—No mucho, enseño en la universidad derecho penal.

—Ya veo que has conseguido ser lo que querías.

—Sí, ¿y tú?

—Pues me he casado.

—¿De veras? —La noticia le coge un poco por sorpresa. No puede evitar alegrarse, pero a la vez surge la duda de qué hubiera pasado si sus sentimientos no hubieran sido reprimidos.

Ricardo quiso olvidarse de la chica, pero no pudo. Cada vez que lo veía se acordaba de ella. Así fue como, poco a poco, sus sentimientos por ese chico fueron del desprecio al odio. Nunca cruzó con él más palabras de las que cruzó en la cafetería y en el parque, y no tenía ganas de que se cruzaran más. Pero no podía parar de mirarlo y envidiar su forma de cautivar a cualquiera que le rodeara. De vez en cuando lo veía en la cafetería, pero con una chica distinta cada vez. Se preguntaba si aquella chica con la que habló en el parque sabía de la existencia de las otras. «Claro que no», pensó. «Chicos así no se merecen a una chica como esa».

La frecuencia con la que el chico aparecía en la cafetería fue aumentando. Como si le gustara mostrarle que desde luego él tenía mucha más capacidad a la hora de ligar.

—Dime, Ricky —le dijo una vez que estaba pagando—. Te puedo llamar Ricky, ¿verdad? —A lo que Ricardo contestó con un simple movimiento de hombros—. ¿Alguna vez has ido a alguna fiesta?

—No —le contestó secamente.

—Pues esta noche asistirás a tu primera, amigo.

—No sabía si te apetecería ir a la boda, así que no te dije nada.

Ricardo sigue atónito. Su cita lo mira buscando una respuesta. Este se da cuenta y, sin saber cómo, saca las palabras de donde puede.

—No pasa nada. Hacía mucho que no hablábamos. Me alegro por ti, en serio.

«Su sonrisa, su sonrisa no ha cambiado», piensa. Los años pasan factura, pero aun así, Ricardo siente que la esencia que desprendía todavía recorre su alma. Aún sueña con esa esencia.

—¿Cómo se llama? —pregunta, aunque no quiere saberlo.

A Ricardo nunca le gustaron las fiestas. Había demasiada gente, la música era demasiado alta y habían demasiados «demasiados» que le impedían disfrutar de lo que la mayoría parecía anhelar cada viernes por la noche. Fue casi por obligación, casi por esperanza. Se dijo que quizá podría volver a ver a esa chica, así que hizo el esfuerzo.

Y, efectivamente, la vio. Pero no estaba sola. Ese cretino… Cruzaron las miradas, y él la besó después de sonreírle vilmente. Ricardo notó que a la impotencia le seguía el incontrolable deseo de violencia. Y antes de que este fuera a más, se largó llevándose por delante a unos cuantos borrachos que lo miraron desconcertados.

—¿Ya te vas? —oyó de lejos esa voz pedante que tanto le irritaba cuando ya estaba a varios metros de la casa.

Se giró con mala hostia y le gritó:

—¡No te la mereces!

—¿Y tú sí? —Su tono de mofa le desató.

Lo cogió por el cuello de la camisa y lo empujó hasta la pared más cercana. De fondo se oía la música y las risas de dentro, pero fuera no había ni un alma. La rabia impedía que las palabras dejaran sus labios, pero sus ojos lo decían todo. Él solo lo miraba con presunción.

De repente, Ricardo se vio sumergido por una oleada de sentimientos confusos, pues los labios de su contrincante decidieron tomar partido y juntarse con los suyos.

—¿De verdad quieres saberlo? ¿O solo me lo preguntas por educación?

—Ambas, supongo.

—Veo que no has cambiado, Ricky.

Sus manos se tocan menos de un segundo y sienten que por un momento su pasado les invade de nuevo. Se dejan llevar por ese mundo de recuerdos que solo duran un instante, pero que se quedan toda la vida.

Bruno

Bruno la vio por primera vez sentada en segunda fila, mirando por la ventana. Pero no fue hasta que ella se acercó ese mismo día que no se fijó propiamente en ella. Hasta ese entonces, pasaron desapercibidos sus delgadas manos, sus rosados labios y sus pequeños pechos. Tantas jóvenes habían ocupado sus clases, tantas bonitas y tantas no tan agradables.

En sus pensamientos algunas recorrían sensuales con sus curvas acabadas de formar, aunque jamás conquistaban sus obsesiones. Solo eran mujeres recién nacidas, hambrientas de sabiduría y dispuestas a comerse el mundo. Libres de pecado, pero desconsideradas a la hora de actuar. Solo querían romper con la inocencia e infantilidad que hasta ahora las había rodeado.

Y si era cierto que alguna que otra vez el enamoramiento había hecho enloquecer a alguna de sus alumnas, pocas se dejaban llevar por esa fiebre cegadora. Y a pesar de que él tampoco era un santo, nunca había jugado a ser infiel. No podía decirse, sin embargo, que no hubiera jugado con ellas. Sus palabras eran tan absurdas como atrayentes. Las usaba del mismo modo una y otra vez en el intento de agradarlas y esperanzarlas. Ellas coqueteaban desesperadas y sin remordimientos. Otras tímidamente lo miraban con la ilusión de que algún día robarían el aliento de quien desde el primer día había robado el suyo, simples ensoñaciones que desaparecían al acabar el curso. Nacidas del capricho, siempre serían recordadas.

Bruno, considerando su madurez, era un conquistador nato. Las facciones de su cara, perfectamente dispuestas, creadas cruelmente por alguna divinidad, jamás lograrían corresponder los anhelos de sus alumnas. Sin embargo, ellas se contentaban con mirarlas a escondidas.

Bruno pensó que probablemente ella era de esa clase de chicas que observaban anónimamente su belleza. Con la timidez en su mirada, seguro que estaba enamorada.

Esperó a que todos los alumnos se hubieran ido de la clase para empezar a hablar. Su voz entrecortada, su mirada en el suelo.

—Me preguntaba si podría aplazarme el examen del martes. Desgraciadamente, no podré asistir.

—Por supuesto, ¿qué ocurre?

—Voy al funeral de mi abuela, murió hace dos días.

—Lo lamento. ¿Cómo estás?

—Bien. Era una mujer mayor.

—¿Cuándo podrías hacer el examen?

—El miércoles mismo, si te va bien.

—¿No es muy pronto?

—Qué va. Estoy segura de que una vez esté bajo tierra, ya habremos cogido el coche para volver. A mi padre no le gustan los funerales, ¿sabe? Ni vestir de negro. Es por mi madre; su muerte lo dejó muy descolocado. Desde entonces no se permite llorar en mi casa, está prohibido.

—Vaya, me apena oír eso. ¿Tienes hermanos?

—Un hermano mayor. Hace años que no le veo. No pudo soportar aguantar a mi padre. Yo podría irme, pero no quiero. Está muy solo, me necesita. Venir a clase es lo único que me distrae de vivir en esa casa. Sueño con ir a la universidad desde que era niña. Aquí las chicas son libres. Espero serlo yo algún día. —Hizo una pausa para mirarlo—. Debo irme. Nos vemos el miércoles.

Y se marchó tan deprisa como había hablado. Bruno se quedó mirando la puerta, atónito. ¿Cómo era posible que hasta ahora no hubiera sido capaz de encontrarla entre las miradas juveniles que se postraban en él todas las mañanas? Se sintió vacío, inexplicable, a punto de estallar. Su rareza, sus ojos negros. Era como si toda ella hubiera hechizado su razón y se hubiera aposentado en su mente para nunca marcharse.

Pasó la tarde pensando en ella, la noche, el siguiente día, la siguiente noche, el fin de semana, y la echó de menos cuando no ocupó su asiento al lado de la ventana. Perdida entre sus delirios, preguntó por ella discretamente a sus compañeros. Callada, tímida, solitaria. Eran todos los adjetivos que adquiría su perfecta tesitura. Pero él quería ir más allá. Más allá de simples observaciones. La buscó en archivos y redes, pero no encontró nada. El misterio envolvía todo su ser, y cuanto menos sabía de ella, más deseaba conocerla.

El miércoles llegó y tres golpes resonaron cohibidos en el despacho de Bruno. Sintió que el corazón se pararía al instante si ella no estaba detrás de esa puerta. Su impaciencia había ido creciendo de forma abismal durante todo el día. Estaba torpe y desconcentrado. Y todo era por su culpa.

—Pasa.

Ella entró y cerró la puerta detrás de sí. No la recordaba tan hermosa. En ese instante supo que su fragilidad era la causante de sus deseos. No hablaron. Ella cogió el examen y concentró todas sus atenciones en el odioso papel. Él, al contrario, no apartó de ella la vista. Observó hasta cada pequeño detalle que pudiera ayudarlo a entenderla: su pelo moreno, su vestido de flores, sus delgadas muñecas adornadas con ostentosas pulseras.

El escribir de su bolígrafo era el único sonido que ocupó el frío silencio de la habitación. Y cuando el reloj decidió que el tiempo había durado demasiado, ella se levantó y le entregó el examen. Bruno cogió su mano, en un intento disimulado de tocarla. Estaba helada. Ella sonrió y desapareció sin decir palabra.

Al día siguiente se obligó a olvidarla. Absurdo y confuso, su sonrisa llevaba atormentando su consciencia durante las horas prohibidas. Pero cuando ocupó su asiento, todos sus esfuerzos se vieron forzados al fracaso.

Así fue como llegó el invierno, y con él también llegaron el frío y la desolación, pues ya no dormía por las noches, preguntándose cómo era posible que el mundo hubiera creado una criatura tan inocente capaz de hacer de él un mar de dudas. La odió, la odió por convertirle en una persona torturada por sus sentimientos. Nunca hablaron de nuevo. Él se pasaba las horas esperando a que ella volviera a aparecer con sus discursos extravagantes. Pero no se repitió tal ocasión.

Un día, al acabar las clases, llevado un poco por el insomnio y el *whisky* que acababa de tomar, la vio salir de la cafetería y decidió seguirla. Un hombre serio y vestido con un jersey amarillo chillón la esperaba sentado en el capó de su coche rojo peligro. Bruno los observó. Apenas hubo abrazos, apenas un «¿qué tal el día?». Solo un beso vacío ajeno a una relación paternal.

Se propuso seguir su coche para saber dónde vivía. Mantuvo la distancia que consideró correcta para no llamar atenciones curiosas y ataques de paranoia. Las calles pasaron de ser edificios altos y elegantes a casitas de muñecas. Los colores vivos recordaban a la alegría de querer vivir esa vida tan deseada en los años veinte, esa que acabó con centenares de personas volando desde un séptimo piso. Sus colores eran tan falsos como las apariencias de quienes allí habitaban. Los jardines cobraban un verde antinatural casi ficticio. Hasta parecía que un tono fluorescente se incrustaba en las pupilas al juntarse con la extrema brillantez del sol de mediodía. Mujeres perfectamente creadas. Hombres perfectamente creados. Perros perfectamente creados. Parecía que se hubiera diseñado ese barrio con la intención de imitar la perfección.

Bruno, sin percatarse de que la sensación que ese lugar le transmitía era más bien temor que tranquilidad, seguía con cuidado al coche rojo, cegado por la locura de quien está enamorado. El coche aparcó delante de una casa rosa pálido. Al salir, la chica podría haber pasado perfectamente por una muñeca de catálogo. Desde tan lejos, hasta parecía de plástico.

Atormentado, pues su único impulso era el de salir del coche e ir a buscarla, se contentó con verla y razonó consigo mismo. Pero como la razón había perdido cualquier capacidad en su consciencia, se adueñaron de él las irracionalidades de quien solo piensa con el corazón. El impulso del deseo. Salió del coche y fue a llamar con la alegre melodía que el timbre guardaba con seriedad. El padre de la chica salió a recibirlo. Era extraño ver el contraste de la felicidad que allí se intentaba radiar con la seriedad de ese hombre. Sus ojos parecían cansados de tantos colores, más bien parecía que su alma estaba pintada en gris. No hicieron falta las palabras, Bruno enseguida se sintió incómodo debido a su mirada inquisitiva.

—Buscaba…

Antes de poder acabar la frase, ella apareció de la nada al final del único pasillo que logró entrever. Curiosa y un poco alarmada, ladeó la cabeza en un vano intento de averiguar lo que allí pasaba. Pobre insensata, sin darse cuenta de lo que sus ojos podían despertar en un hombre.

—Papá, no pasa nada. Es amigo mío.

—¿No es muy mayor para ser tu amigo?

—¿No soy yo mayor para decidir qué amigos tengo?

—Jamás permitiré que crezcas, pequeña.

Y después le siguió un abrazo y un beso en la frente. Simple apariencia.

Su sonrisa era tan tierna y, sin embargo, demasiado perfecta. Se sentaron en el portal, donde un banco de hierro blanco les esperaba paciente. Ella lo miró con la picardía de quien sabe lo que ocurre.

Incómodo y a la vez avergonzado, Bruno habló más por llenar el vacío que por decir algo.

—Quería verte… Hablar contigo… Hacía tanto que no sabía de ti. Sí que es cierto que te veía en las clases, la verdad es que solo te veía a ti, tan absorta en tus pensamientos que apenas me veías. Así que cuando te he visto en la cafetería… Verás, no podía dejarte marchar. No sabía si lograría sobrevivir otro día más si te dejaba marchar. Así que he cogido el coche y aquí estoy. —Cogió sus manos—. Debo conocerte, tengo que hacerlo. Moriré si no lo hago. Aquí mismo. Delante de tu casa. Juro que lo haré.

Ella solo rio. Abrumada por tantas emociones, no hubo otra respuesta que la de sus risitas. No la malinterpretéis, no eran sus palabras las que no querían dialogar, era su ansia de querer jugar. Los sentimientos no valen nada, su peso es tan ligero que con un soplido desaparecen para que nazcan otros nuevos.

—¿Te ríes? —Se levantó—. Juro que lo haré. Me moriré del disgusto. ¿Quién podrá salvar a este pobre hombre indefenso de su muerte inminente? El beso de su amada, quien resucitará de sus fríos labios el calor de toda una vida.

Y acto seguido se desplomó en el suelo con un ojo entreabierto. Fueron pura poesía y dramatismo los que envolvieron su portal, tan convenientes para el escenario en el que se representaba su escena. Ella se acercó, sin dejar de reír. Sus labios suspiraron contra los suyos y se dejaron caer en el pozo de la sabiduría. La tomó entre sus brazos, casi asfixiándola, casi con la intención de que sus dos seres se unieran en uno. Pero, de repente, ella se apartó apresurada y se acercó a su oreja.

Con un susurro le dijo:

—Mejor no te enamores de mí. No sé si sabré ser feliz.

Y desapareció detrás de la puerta con los labios enternecidos y la mirada huidiza. Bruno, sentado en el suelo y con la cabeza llena de pájaros, la vio marchar. Qué bonitos y coloridos le parecían esos pájaros. Y cómo los odiaba.

La vuelta a casa fue tan rápida que apenas se percató de que había llegado. No fue la corta distancia, sino el no estar centrado. Todo su ser volaba en una incomprensión de éxtasis y placer. Sentía que estaba envuelto de alegría imparable. Sonreía no porque quisiera, sino porque sentía. Su cuerpo se adueñó de todos sus movimientos y le hicieron más ágil y más ligero. No cabían en él sus pensamientos.

Y a pesar de sentir que estaba en la parte más alta de la montaña rusa, pudo entrever que la bajada paralizadora se acercaba a cada paso que daba. No era adrenalina lo que le esperaba, sino miedo y tristeza. Negros monstruos y palabras dormidas.

—Hola, cariño. Llegas pronto.

La voz de su mujer se escondía en el salón.

—Me he saltado un par de clases, no me encuentro bien.

Y como si la incredulidad la hubiera llamado, acudió a su encuentro.

—¿Qué te pasa?

—Nada, es… Solo es la cabeza.

Ella lo miró recelosa, le tocó la frente y entonces lo comprendió. Bruno no podía mirarla a los ojos, no se atrevía. Se percató de su falta de disimulo, pero no le importó. No era la primera vez que los celos llamaban a la puerta, y no sería la última.

—¿En serio, Bruno? ¿De verdad vas a hacerme esto ahora? ¿A hacernos? No tiene tu hijo ni dos meses de vida y tú ya piensas en abandonarlo.

—Cariño…

—No me vengas con esas. ¿Cómo te atreves?

Las lágrimas empezaban a asomarse por sus pupilas, hijas de los cocodrilos. A la vez que su voz adoptaba el tono de la histeria.

—No voy a abandonarte —la calmó.

—Eres un cerdo, Bruno. Espero que lo sepas.

—Lo sé. Pero recuerda que jamás he estado con otra mujer que no fueras tú. Nunca olvides que ser infiel no está entre mis defectos.

Bruno se sintió juzgado por su mirada, preparado ante cualquier rabieta que pudiera causar. Entonces, la voz de ella entonó ese timbre amenazador que ya conocía.

—Si me entero de que vuelves a verla, prometo que la mato. Ahora ve con tu hijo, lleva llorando toda la tarde y ya no sé qué más hacer con él. Deberíamos darlo en adopción.

Bruno sintió al instante el deseo irrefrenable de estampar a su mujer contra el suelo. Se tranquilizó, demasiadas veces habían recorrido por su mente pensamientos terribles y placenteros en los que ella moría inexplicablemente. Muchas veces, y de eso no se sentía orgulloso, él mismo cometía tal plan. Pero eran solo vagas ideas que nunca llegaban a nada.

Se sentó en el sofá, donde su hijo con gran empeño procuraba arrancar la cabeza de su monito favorito metiéndosela en la boca. Al ver a su padre, dio por olvidado el peluche y pidió con mucho esfuerzo su atención. Este, sin pensárselo ni un segundo, abrazó a su hijo con el único amor real que había conocido jamás. Hizo que se sentara en su regazo y jugó con él todas las horas que el día estaba dispuesto a prestarles. Luego llegó la noche y con ella las ganas de perderse en un cuento para niños para acabar entre sueños profundos.

Bruno, con la intención de evitar a su mujer, se quedó dormido en la pequeña butaca que había al lado de la cuna, un regalo de su difunta madre, que a pesar de encontrarse postrada en la cama y viendo como los años se escapaban de entre sus arrugadas pieles, compartió con Bruno la alegría de su juventud e infancia absorbida en ese viejo mueble. Por supuesto, su mujer rechazó la idea al instante, pero como no sabía si odiaba más a su suegra o a su propio hijo, decidió juntarlo todo en una misma habitación y prometerse entrar solo para lo justo.

Antes de dormirse, Bruno pensó en ese beso prohibido. De repente, de manera inconsciente, las lágrimas brotaron con tal fuerza que se sintió vacío y sin salida. Pero la imagen de su hijo inmerso en los delirios de su subconsciente hizo que olvidara que jamás podría volver a sentir el calor de sus rosados labios.

Al día siguiente, Bruno no vio a su amada. Y a pesar de que se dijo que era lo mejor, no pudo evitar sentirse decepcionado. Sin embargo, cuando abrió su libro para hacer la clase, encontró en la primera página una nota escrita con letra juvenil y torpe.

Ven esta noche al Hotel Serafín de la plaza Mayor, habitación 203. Te esperaré toda la vida si hace falta.

Al final, signada con su nombre. Bruno sintió al instante que sus pies dejaban de caminar por suelo firme y se dejaban llevar por la felicidad imparable de quien está enamorado. Así fue como, mientras flotaba por la habitación por encima de cabezas aburridas y cuadradas, él cantaba por dentro todo lo que decía. Fuera de sí, su propio reflejo había abandonado su cuerpo hacía rato.

Pasaron lentas las horas, más lentas que las tardes de verano con lluvia en las ventanas, pero se consolaba al pensar que pronto la tendría entre sus brazos. Y a pesar de vivir en una constante alegría, el miedo al peligro y a equivocarse se metía en su cabeza con la finura de un alfiler. Podía obviarlo, pero sabía que estaba allí. Sin embargo, se dejó llevar por el carro del placer. Sus caballos, adormilados con los años por las ataduras, rompieron las cuerdas con la fuerza de un ejército romano, llevados por la pasión de conquistar nuevos horizontes, nuevos y firmes, como sus jóvenes pieles. Y de repente se encontraba en el pasillo más largo que jamás pisó. En el fondo, llamándolo con malicia, la puerta que abriría una brecha en su implacable historial.

Le pareció que sus pasos se hacían eternos, que las puertas juzgaban sus actos, que las paredes chillaban que no lo hiciera. Pero el número 203 se hacía cada vez más y más grande y se reía a carcajadas y le decía: «Ven». Y entonces sintió que el pomo rozaba su palma de la mano. Su tacto frío le hizo dudar un segundo. El pecho descontrolado y el deseo hirviendo debajo de la piel. Entró. Sin más, entró. Y encontró la escena más bonita que en sus años de vida nunca hubiera podido comparar. Recordó las innombrables veces que había aludido al paraíso y se reprochó haberlo mencionado tan al tuntún. Pues ¿no sabía su pasado que encontraría en esa habitación el país de las maravillas que siempre se había negado, ya que su existencia era dudosa y jamás fue suficiente para merecerlo? Pero allí estaba, envuelta en las sábanas más blancas, recubierta con la piel de un cordero asustado, radiando calor y luz y ternura. Con los ojos puestos en los suyos. Con la mirada perdida. Con la esperanza de encontrarse gracias a él.

A Bruno le vino a la cabeza la imagen de un ángel. Tan inocente, tan asexuado, tan complaciente, tan ansioso por convertirse en lo que Dios le diga que se convierta. Se comparó con Dios. ¿Sería Bruno para ella la divinidad a la que rezaba cada noche? Convirtiendo sus plegarias en deseo y fantasía. Humedeciendo sus noches oscuras de soledad incontenible. ¿Sería Bruno su único alivio? ¿Tanto como lo era ella para él?

Pero su blancura se mezclaba en un extraño contraste con el rojo de las paredes, malévolas e infernales, seduciendo a los desconocidos a conocerse. Cómplices de las fantasías más perturbadoras, solían pasar las noches observando sin decir palabra, solo observando.

Bruno, que aún no había tenido el valor de acercarse, sintió el calor y el frío de quien desea, pero sabe que no puede. Su cabeza se llenó de voces perdidas que le suplicaban que se fuera. Y lloró. Lloró ante tal belleza, ante la impotencia de no poder poseerla.

Quizá no tanto por no poder, sino por no saber. Desconsolado, optó por acudir a la vía fácil y huir, dejar el deseo en deseo y anhelarlo toda la vida, arrepintiéndose por no haber actuado e imaginándose mil situaciones distintas donde el miedo no ganaba al valor mientras se tocaba durante las noches frías. Sí, podía vivir con esa carga. Debía hacerlo. Debía.

Y de todo lo que tenía que decir, solo se atrevió a confesar:

—Tengo muchas cosas, más de las que necesito. Tengo una reputación. Tengo una casa pequeña en una calle ruidosa. Tengo un empleo, un buen empleo. Tengo muchos amigos, los cuales solo veo en ocasiones. Tengo una mujer, hermosa pero inestable. Y tengo un hijo precioso. Y cada vez que pienso en todas esas cosas que tengo, y si me pongo a valorar la importancia de cada una de ellas, no te imaginas a cuáles renunciaría solo por esto. Pero de todas las cosas que tengo, no puedo tenerte a ti.

La decepción se quedó marcada en su rostro. Esto afectó a Bruno más de lo que pensaba. Sintió que su cuerpo joven y envuelto en sábanas de lirios se rompería en añicos en el momento en el que él saliera por la puerta. Sabía que si se marchaba, justo detrás de la puerta cerrada, las canciones más tristes sonarían en su cabeza, canciones melancólicas y trémulas. Era lo mejor. Se lo repitió varias veces: «Es lo correcto, es lo correcto, es lo correcto».

Ya a varios metros de la puerta, se detuvo en seco, se giró y se vio corriendo todo el pasillo con la felicidad escrita en la cara. Se imaginó abrazándola, ahuyentando sus miedos, procurando no romperla. Se deleitó con la visión de vestirse con su cuerpo. Hasta pudo oír como la hacía gritar. Noches largas de pura poesía carnal. Noches que solo ocurrirían en su cabeza, pues ya estaba en el coche y aún podía sentir su perfume.

Bruno caminó descalzo por la calle. Los zapatos le apretaban, la camisa lo ahogaba y los pantalones le entumecían las piernas. Se quitó toda la ropa, en medio de la noche desestrellada. Miró el cielo, negro, sin caminos de luces, sin planetas habitados. Gritó. Saltó. Rompió a llorar. Rompió su mano contra una farola inocente. Rompió su cabeza contra el cristal de su coche. Rompió sus ideas. Y rompió su malestar con una botella de *whisky*.

Su casa estaba en silencio. Su mujer lo estaría esperando despierta, con cara de pocos amigos y con un reproche en la punta de la lengua. Evitó su habitación. Fue directo al cuarto del niño, tan plácido y pequeño. Lo miró. Lo miró despacio y con detenimiento. Se preguntó qué partes de él se parecerían a su madre y cuáles a sí mismo. Entró en la extraña filosofía de averiguar hasta qué punto el crío sería como él quisiera ser y hasta qué punto se parecería a sus padres en su carácter. Hasta sintió miedo por no saber cuántas cosas heredaría de sus progenitores, tantas que quizá acabaría odiándolas al comprender que, al crecer, su parecido es más del que querría.

Y así fue como se quedó dormido en el sillón de su madre y en el calor de un deseo corrompido. Murió su parte alegre y optimista que nunca le había abandonado. Y soñó. Tuvo su primera pesadilla en veinte años. Estaba su amada, con las muñecas rotas de sangre y cubiertas de lágrimas. Su mujer, por otro lado, reía y reía al ver que poco a poco los ojos sin vida de su contrincante morían desconsolados. Y, finalmente, el llanto de un niño, a pleno pulmón y sin escrúpulos, chillando con fuerza para hacerse oír.

Le levantaron los sollozos de su hijo, que en un intento mágico de adentrarse en la cabeza de su padre, se había coordinado con sus sueños.

—¿Dónde estabas? ¿Qué haces desnudo? ¿Y por qué te sangra la mano?

Su mujer lo esperaba en el umbral de la puerta. Rencor en la mirada y labios sonrojados.

—Me largo.

—¿Cómo?

—Me largo. Y me llevo al crío.

—¿Me vas a abandonar?

—Sí.

—¿Es por ella?

—Desgraciadamente, te abandono porque ya no te soporto. Creía ser feliz, intenté serlo, pero no lo soy. Así que me largo.

—¿Crees que ella te hará más feliz que yo?

—Creo que cualquier persona en este planeta me puede hacer más feliz que tú.

Ella se abalanzó sobre él con la rabieta de un niño pequeño. Bruno dejó que sus golpes hirieran su cuerpo. Sus zarpazos de harpía y sus palabras de medusa. Sus párpados morados y sus cicatrices acabadas de formar. Y el miedo de que sus constantes «nunca serás feliz con otra» fueran reales. Se sentó, con la melodía de llantos incomprendidos, tanto por parte de su mujer como de su hijo. Y se dejó abatir, como nunca antes hubiera sabido hacer. Perdió esa batalla. Y se dio cuenta de que había perdido muchas más. Cientos, quizá mil. Pero sonreía. Sonreía por primera vez.

Se mudó a un piso más pequeño, con su hijo a cuestas y con las constantes amenazas de su mujer. Al cabo de los años, el piso se volvería más grande, al igual que su hijo. Y su mujer enviaría una postal por su cumpleaños con la intención de demostrar que le iba mucho mejor. Pero llegaría un día que tales postales no llenarían los buzones y nadie se sorprendería por ello, ni su propio hijo.

Bruno no volvió a saber de su amada. Pero eso no quiere decir que no la recordase. Cada noche, cada tarde, cada mañana.

Al cabo de los años, la vería por casualidad en un reportaje hablando sobre su primer libro. «Las luces de los focos no le hacen justicia», pensó Bruno. Poco después compraría dicho libro y se deleitaría con cada pequeña palabra, determinantes y preposiciones. Con un «para el hombre que me hizo esperar más de una vida», se llenó de entusiasmo y alegría al entender que el libro trataba sobre él. Tenía que ser sobre él. Su felicidad volvía a ser incontable. Aún lo recordaba. Aún pensaba en él.

Bruno se imaginó que, al igual que él, ella aún pronunciaba su nombre bajo las sábanas. Y mientras vivía en el paraíso de los recuerdos, se repetía la única frase del libro que se quedaría marcada en su memoria:

Sentado en la soledad de su consciencia, sintió que la frialdad de su piel se escurría por el desguace de sus venas mientras nacían de sus labios palabras tímidas que nunca antes fueron pronunciadas: «Te recuerdo», lo que comúnmente significa «te quiero».

Carol

Carol sintió cómo en una milésima de segundo caía con furia sobre su pecho el peso inherente de la tristeza y la incomprensión. Acorralada por el abismo venidero del dolor que se atraganta. Cubierta con injurias de rabia acumulada. Culpando a ese Dios que tanto había querido y cuestionándole la bondad que vinculaba a su nombre.

Y en ese instante, en el que la mujer de bata blanca apareció por la puerta en su búsqueda, con ojos empáticos y pena vidriosa, en el que sus palabras arrojaron sobre ella el miedo repentino que tanto se había negado, su corazón se paralizó y lloró. Lloró descontroladamente detrás de sus manos temblorosas. «Ha muerto», dijo la mujer, «su marido ha fallecido».

Como si en ella hubieran caído mil y una ideas distintas, su mente fatigada se llenó de visiones correderas que pasaban por su cabeza como gotas de lluvia ácida. Tantas palabras incoherentes que se juntaban para no decir nada.

Y mientras su cabeza se cubría de bombillas que se encendían y se apagaban con un parpadeo casi esquizofrénico, la mente apagó en un negro absoluto su consciencia al ver su cuerpo dormido y amarillento.

Lo miró, lo miró en un susurro huido de sus males, lo miró con el futuro acomplejado que ya no iba a acabar en una fogata de cenizas y con las manos agarradas, y, sobre todo, lo miró con el cariño de quien observa la paz que rodea a alguien que por fin descansa tras varios días de insomnio. Se miró los pies —cómo los odiaba ahora—, que caprichosos quisieron irse la noche anterior porque no soportaban el dolor, separándola de su lado, arrebatándole su último momento compartido, robando de su presencia el que sería su suspiro final.

«Tenemos que ser fuertes», dijo a su hija cuando ya habían entendido que los caminos trazados con anterioridad debían volverse a pintar. Sentadas al lado la una de la otra, con padre y marido en algún lugar frío, rodeado de extraños y desnudo.

El tiempo se volvió preciso pero lento. Eterno, palpable, sudoroso, atragantándose como nuez moscada. Y su único consuelo, el canto de sus ojos en ríos caudalosos que se esparcían por las sendas de sus mejillas. Rodeada de tantas personas queridas, que sin cesar abrazaron cada instante de esos días, y ese sentimiento de no querer estar sola, porque él formaba parte de esa soledad, porque ya no estaba y porque ya nunca más volvería a estarlo.

Se hizo larga la espera. Esa incongruencia que las horas habían implantado en sus días desde su muerte se juntaba con la incertidumbre. Fueron esos mismos años que una vez debieron ser atados a la imaginación más previsora los que ahora decidían acobardarse y fingir nunca haber existido. Y Carol, que se encontró con toda la carga que normalmente era repartida, se volcó ante la idea de no poder parar. Por ella, que aún tenía mucho por lo que vivir.

No era la primera vez que Carol se enfrentaba a una pérdida. Aunque nadie se acostumbra del todo a sufrir por una ausencia, ya conocía el dolor y lo trató como hermano.

Y al igual que conocía la tristeza, también temía el olvido. La soledad y los recuerdos se tornan demonios cuando uno no quiere volver atrás, pero qué simplicidad acogen cuando se necesitan, qué puros y qué tiernos.

El lamento llenó toda una habitación que se quiso pintar de negro. Y Carol, apresurada y desesperanzada, se abalanzó sobre la idea de detenerse en una foto y no salir de ella.

Qué catástrofe fue el verse prisionera de su propio pasado. Y la muerte, algo odioso y arrebatador, culpable de sus males. Se enrabió tanto al pensar en toda la bondad que había rodeado a su marido y lo mucho que le debían a su testimonio transcrito durante todo el transcurso de su vida.

Carol, desterrándose de cualquier semejanza con la realidad, accedió a convertirse en una estatua de mármol, cubierta por la polaridad de quien a veces siente una felicidad extrema y otras se descubre bajo toneladas de alquitrán.

Incapacitada por la búsqueda de una respuesta, que apenas encuentra pregunta a la que responder. Forjada con el calor que desprendían las palabras susurradas en su oreja y acabada con la frialdad que causó verse vacía.

Fugaz, ante la idea de que los años lo curan todo, algo que parece nunca ocurrir, porque te atropellan con su incansable proceder y nunca se detienen cuando uno le suplica.

Y así, cubierta ante la idea de no saber si un mañana puede ser mejor, se sentenció a la incredulidad de nunca serlo. ¿Cómo podría? Y se vistió, mejor dicho, se tiñó con la rabieta infantil de no querer formar parte de una corriente que no la deja parar ni un segundo para respirar.

Ahora se enfada, se enoja, se… Se ve cabizbaja y triste. Se convierte en una postura fetal para enterrarse entre las sábanas. Se lamenta con la dignidad de quien nunca llora. Se marchita con la promesa de volver a florecer el año que viene. Se miente. Se miente porque visiona una vida plena y feliz en la cual no volverá a sufrir nunca más. Se convence de que tal situación jamás ocurrirá. Y se encierra aún más para poder esconder su cabeza entre las rodillas. Esta, que se ve segura cuando ellas la amurallan, deja que sus pensamientos se escurran por debajo de sus poros y manchen el colchón, el que ahora se queda grande, con el sudor de sus párpados.

La injusticia reclama desgarrar cada rincón de sus experiencias y se disfraza de coherencia. Pero no hay injusticia en el hacer del día a día, pues no hay justicia a la que aferrarse cuando de cotidianidad se trata. No hay ente mayor que quisiera herir a Carol. No hubo malicia en su huida. Carol, que sin querer culpó a su marido de haberse ido, entiende, por primera vez, que no hay razón para enfadarse, pero sí para llorar y echar de menos.

Y a pesar de sentir cómo su pecho se hunde cada tarde con la ausencia de sus palabras, de las canciones que siempre llenaban la casa cada mañana, de sus dibujos en papeles varios que siempre hicieron amenas las llamadas de trabajo… A pesar de sentirse ajena a cada una de esas penas, las siente cerca. Y las agradece. Las agradece porque las vivió. Y porque las vivió junto a él.

Se atraganta, sí, con el rumor de la inestabilidad quebrada. Y, rota, se distribuye cada pieza por la vitrina de su ser, que sus ojos reflejan desde hace más tiempo del que ella pueda recordar. Y, de algún modo, siente que entre esos trozos se encuentra parte de él también.

Carol, que se vestía con la amabilidad de un sueño pasado y acostumbrado a su almohada, decide desterrarse del odio que la llevó a malinterpretar sus emociones. Pues su tristeza nunca fue bienvenida, pero ahora es paciente y sabia.

Y la valiosa lección que su mente achanta ya no discrimina la falta de comprensión que a veces recibe. Carol llega a la conclusión de que la empatía cuesta moldearla. Y si bien ella no fue premiada con ella, ahora que Carol sabe que se descubre tras la insólita verdad que esconde una desgracia, va a usarla como arma y como escudo.

Pues no hay nada más bello que poder darse espacio a sentir las partes más terribles de una consciencia. Porque cuando se conocen, no parecen tan terribles. Y cuando se escuchan, se abrazan para dejar de enemistarse con ellas.

Casandra

Casandra llora desolada. Bajo el muro del dolor que abarca, se encuentra un ser pequeño y tiritante que busca complacerle. Pero él nunca está contento. Ella intenta e intenta, pero de algún modo él siempre consigue hacer que su corazón se encoja tan repentinamente que no sabe cómo hacerlo latir. Parece que se divierta haciendo que los sentidos se le escapen de la razón. Como si verla cabizbaja hechizara sus malos humores y lo satisficieran. Ella ha recurrido a tantas maneras bizarras y complejas, tantas fuera de su alcance. Ha hecho lo imposible para llenarle de agrado. Y él, sin embargo, cruel y marchito, recompensa sus intentos con una llana y simple mirada vacía. Casandra recibe sus ojos pálidos con un suspiro desalentador y decide rendirse otra vez más.

¿Cuántas costumbres ha de perder para poder renunciar a lo que tanto ama? ¿Es inútil devolver la vitalidad a esa quebrada sonrisa que una vez la llenó de gloria y calor? Pero ya no sabe cómo formar parte de sus alegrías. Y llora. Llora porque tomó la decisión de verle marchar. Pero debe enseñarle el camino, puesto que él no sabe cómo llegar.

Casandra llora. Y sus lágrimas se difuminan en sus mejillas sonrojadas. El frío se pega en su piel y le hiela el corazón. No se limpia las lágrimas, porque son un símbolo de su dolor. Ha decidido vestirse con él. Se siente más humana cuando se tiñe con él. Y ríe porque ya no entiende sus sentimientos y porque no quiere entenderlos. Cubrirse con esa rabia que él le incita la llena de una extraña calma. Por fin ha decidido la manera definitiva para acabar con su impasividad. Y siente euforia, momentánea pero suya.

Se acerca por detrás, lentamente. Le agarra por los hombros y le besa en la mejilla. Él ni siquiera hace el esfuerzo de inmutarse. Debe mostrarle el camino de huida, piensa. Le agarra los hombros con fuerza y paulatinamente se acerca a su cuello. Casandra aprieta, poco a poco. Aprieta con una voluntad inhumana que nació con la caprichosa virtud que él tiene para no respetarla. Una y otra y otra y otra vez. Sin fin. Y por cada malintencionada decisión de ignorarla, Casandra aprieta sus huesudos dedos en ese cuello que una vez pintó con su carmín. Y él, que parece querer ese fin, no se da cuenta de la falta de aire ni de la proximidad de su muerte. Como si la oscuridad hubiera rodeado durante tantos años sus vestimentas que no importara el hecho de volverse un poco más negra.

Y entonces Casandra, que se había mantenido firme, no consigue finalizar su cometido y se rompe. Una última lágrima cae y lo suelta. Y se marcha, otra vez rendida, puesto que no consiguió complacerle. Complacerla. Complacerles.

Más tarde, en un sueño extraño lo ve, asustado pero sonriente. Agarrado a sus manos, enzarzado en una idea vulgar e incomprensible. Lo ve feliz, contento. Y Casandra siente que por fin puede llenar ese vacío que anteriormente no sabía cómo. Agradecido, la besa en los labios, como cuando sus ojos se vieron por primera vez.

Y en ese delicioso momento, se despierta en un azul marino tormentoso. Su habitación parece tan ajena y menuda. Él no está durmiendo a su lado. Se pregunta si ha vuelto a deambular como hace algunas noches. Va a buscarlo para traerlo de nuevo a la cama.

El pasillo que da al salón se hace escalofriantemente eterno. Sus pies descalzos hacen crujir el parqué con un sonido que agujerea los oídos. Y esas paredes que por la mañana tienen un color soleado ahora se vuelven oscuras y tenebrosas. Algo sucede, no sabe el qué. Y esa incerteza le incita un miedo sobrecogedor que la hace temblar. Pero recuerda el sueño, ese cálido y magnífico sueño que la ha dejado con un sabor dulce en la boca.

Y entonces lo ve, en medio del salón, sentado y plácido. Casandra se acerca, dispuesta a empezar de cero, preparada para retomar esa fuerza que hasta ahora la había llevado a cometer incertezas por él. Y cuando ya está a punto de reencontrarse con ese hombre que en su sueño había facilitado un poder satisfactorio, ese hombre que siempre había depurado sus males, ese hombre que despertó un día sin esa alegría que lo caracterizaba, maldiciéndolos a los dos a entrar en un bucle de tristeza y melancolía, ese hombre que ya no era su hombre, cae al suelo con el simple tacto de su mano y yace con los ojos abiertos y una sonrisa. La misma de su sueño.

Casandra, que ahora se estira junto a su amado, recuerda no haber parado a tiempo, liberando así su espíritu por fin, y convirtiendo sus actos en inconscientes e impulsivos.

«Solo alguien enamorado podría actuar así», piensa Casandra mientras se queda dormida recordando ese último sueño.

SF543

SF543 camina distraído. Pasa por al lado de un edificio de espejos y ni siquiera se mira. Puede que sea por la falta de entusiasmo o quizá es la incomodidad que le hace sentir su reflejo. Sea como sea, SF543 pasa desapercibido entre el umbral del deseo que ya apenas reconoce en sí. No porque no se sienta atractivo, simplemente ese término ha dejado de existir.

Envuelto en una sociedad donde el físico ya no forma parte de las virtudes del ser humano; la consciencia, la mente, la inteligencia… son lo único a lo que aferrarse.

Ya no se tiene un prototipo de belleza. Ojos de oscuridad absoluta, de corazón encogido bajo luna llena, de tormenta que ya está a punto de amainar, de hojas otoñales que quiebran moribundas, de estrellas doradas que abisman la muerte… Las pieles de osos, de piedras, de tostadas con jengibre… Cabelleras que te adentran en un desierto sin fin de enredos y suavidad eterna. Y, sobre todo, labios que hablan y besan y mienten y juran y coquetean. Ya no existen. Se vieron derrotados por el razonamiento quisquilloso, por la mediocridad del que no ama, por la insensatez de aquellos que piensan por todos los demás y creen que ese pensamiento es justo y absoluto. Y fueron desterrados por simples esferas. Esferas plateadas que no tienen más que su forma circular y perfecta.

Las emociones evolucionaron con la forma física. Quitadas todas las distracciones que les hacían presos de sus instintos, solo eran mentes, aptas para adentrarse en un mundo intelectual que les capacitaba para emprender nuevas formas de conocimiento. Sus voces, remplazadas por una digitalización de 0s y 1s, eran siempre la misma. Nadie tenía un deje harmónico diferente porque no se podían permitir la frustración de tener una voz mejor que otra. Y sus cuerpos… Bien, ya no eran cuerpos. Como se ha dicho, se vieron transformados en mecanismos robóticos que sustituyeron la diversidad de la complejidad del mundo humano, el que evoluciona sin miramientos, el que pierde noción del tiempo y el espacio, el que destruye para crear y volver a destruir.

El mundo en el que ahora vive ha pasado por más cambios de los que jamás logrará imaginar. No puede ni siquiera entender su propio razonar, como para entender el funcionamiento de la evolución, sus actos, su forma de vida, su magnitud ante la pequeñez de su existencia. SF543 no siente felicidad, ni tristeza, ni alivio. De alguna forma, el deseo y la conformidad se han visto atados como hermanos de sangre.

De pequeño, le enseñaron en el colegio que la mayor enfermedad del siglo pasado, la depresión, acabó con miles de personas y que dicha enfermedad fue erradicada con la mayor efectividad, la causa. En una sociedad donde el físico lo es todo, donde la vanidad y la lujuria se apoderan de las mentes, es normal que se desee todo aquello que no se tiene y pensar que, al no ser capaz de conseguirlo, no merece la pena vivir. Esto, junto a la incapacidad de crear un sentimiento de empatía y autoconocimiento, llevó a las mentes más débiles y oscuras a cometer actos impulsivos y descorazonadores: el suicidio.

No fue una simple plaga que se pudiera curar con pastillas, pues el mal seguía allí. Y más y más eran las muertes que causaba un mundo lleno de pantallas con felicidad extraviada. Y más eran los padres, amigos y hermanos que lloraban y cometían los mismos actos. Hasta dejar, nada más y nada menos, un mundo despojado de artificialidad y falsedad y apariencias.

El color, que las pantallas saturaban al máximo, perdió sentido alguno. No podían distinguir siquiera los colores fríos de los cálidos, ahora todo era gris.

Tantas fueron las muertes que se decidió un acto que salvaría lo que quedaba de humanidad. Un acto progresista y de carácter innovador. Un acto que se anunció con una alegría ajena a cualquier sentimiento de jovialidad. Pero un acto esperanzador, aunque terrorífico.

Así fue como un avance tan excepcional como la robótica salvó a la raza humana de sus propios impulsos. La eliminación de aquello que llevó a cabo miles de guerras, iras y odios irracionales: el aspecto físico.

Hace más de una centena de la transformación. Ya ni siquiera se recuerda dicho aspecto. ¿Qué significaría tener manos, pies, vestir zapatos o peinarse? Nada. Ya no significaba nada.

SF543 entra por la puerta principal de un hotel. Debe pedir una habitación, dormir en ella y despertarse nada más salir el sol. Rutinario. Sin complicaciones. Nada más entrar, se registra bajo el nombre de SF543 SP434 y se dirige al ascensor para llegar a su cuarto. Pero algo le detiene. Unas puertas de espejos gigantes se abren con su presencia y dan paso a un bar lujoso de aspecto irritante. No es un bar con bebidas, pues ya no se tiene estómago que digiera. Ahora los bares son distintos.

SF543 entra. No sabe por qué, pero su cuerpo esférico vuela hasta el asiento de la barra, donde otra esfera, idéntica a él, le espera complaciente detrás de dicha barra. Quizá su impulso, aunque no quiere llamarlo así, se haya visto atraído por esa pequeña brecha que esconde en la parte baja de la carcasa la esfera que tiene delante.

—¿Qué le pongo?

Misma voz. Misma personalidad. Misma forma.

—Un London's, por favor.

Dice sin siquiera pensárselo, absorto en esa pequeña brecha que parece que nadie más ve, hipnotizado por la saliente de ese corte profundo producido por vientos y mareas.

—Algo atrevido, ¿no?

—Me gustan las emociones fuertes.

La esfera cambia a un color rojo, el cual significa que está sonriendo. SF543 cambia al mismo color y se gira con timidez para mirar a su alrededor.

—Veo que hoy estáis al completo.

La esfera sube la intensidad del color rojo y emite un sonido de agrado.

—Hoy usted es el primer cliente que tengo.

—Entonces, soy muy afortunado.

Ambas esferas se quedan en un silencio tranquilo y palpitante que de algún modo ha llenado el vacío del local.

—Le sirvo su London's.

—¿Sería usted tan amable de acompañarme?

—No debería, estoy trabajando.

Miran la quietud que les embarga en esa tranquilidad.

—No creo que a nadie le importe —dice SF543.

La esfera entonces vuelve a reír y abre una pequeña caja con dos cables que ambos se insertan en la parte de arriba de su perfecto cuerpo. Antes de apagarse, SF543 mira a la esfera y se tiñe de color rosado, color que a pesar de los años siempre significó lo mismo.

La experiencia se hace corta, toda la información de uno de los libros de Jack London es absorbida en 3,02 segundos, junto con emociones que ahora cuesta más digerir. SF543 no sabe si es la repentina felicidad de la desconexión o la embriaguez de estas nuevas emociones, pero se atreve a preguntar su nombre, su lugar de origen, cómo es su vida y cuáles son sus pensamientos. Y de algún modo siente un impulso extraño, algo salvaje, aterrador, impertinente.

—¿Cómo te hiciste esa brecha?

—Nadie lo sabe del todo. Siempre la tuve. Quizá fue un problema de fabricación.

—Seguro que no soy el primero que te lo pregunta.

—Ni serás el último. A muchas esferas les asusta; a otras les parece atractivo.

—Debe ser agradable sentirse diferente.

—Hay días que adoro tener esta brecha, otros desearía que pasara desapercibida, ¿sabes? No encajar puede resultar irritante.

—Supongo que debo ser de esa mitad de esferas a quienes les gusta. Me parece fascinante.

—No creo que sea la palabra más indicada.

—¿Sorprendente?

—Más bien, agradable. Con la capacidad de desagradar en algunas situaciones.

—Quizás cuesta más formarse una opinión propia cuando ya conoces lo que hay. Sin embargo, cuando un desconocido lo hace, eres capaz de entrever más cosas de las que pensabas que tenías.

—Curiosa forma de pensar.

—Muchos dicen que tiendo a desvariar.

—Si eso fuese cierto, ¿para qué sirve una cabeza cuerda si no hay otra que la enseñe a enloquecer?

SF543 mira por la ventana. El sol empieza a abrirse paso entre los edificios de cristal puro y, sin embargo, la noche parece ser eterna. De algún modo, SF543 se ha visto arrastrado por una fina capa de asombro y, contento, ahora irradia satisfacción.

Una noche. Una noche para comprender los abismos del conocimiento que cada uno procesa a su manera y de formas distintas. Una noche caprichosa y tranquila. Una noche para sentir las maravillas que esconde su existencia.

Índice

Sobre la autora

Abril Elies Valero (Barcelona) es técnico superior de realización de proyectos audiovisuales y espectáculos. Sus grandes pasiones son la música, el cine y la literatura. Como cantante, con nombre artístico Eipriil, se mueve por estos ámbitos con la intención de crear y adentrarse en los rincones más profundos del alma.

Publica ahora su primera obra literaria, *Los diferentes nombres que tiene el invierno,* a la que le ha dedicado cuatro años de trabajo, recopilando historias que ha ido escribiendo poco a poco.